Al otro
lado del
miedo

Marta
Orriols

Al otro lado del miedo

Marta Orriols

Traducción de Manuel Pérez Subirana

Ediciones Destino
Colección Áncora y Delfín
Volumen 1677

Título original: *A l'altra banda de la por*

© Marta Orriols, 2025
Autor representado por SalmaiaLit, agència literària

© Raval Edicions SLU, Proa
© por la traducción del catalán, Manuel Pérez Subirana, 2025
© Editorial Planeta, S. A., 2025
Ediciones Destino, un sello editorial de Editorial Planeta, S. A.
Avda. Diagonal, 662-664, 08034 Barcelona (España)
www.planetadelibros.com
www.edestino.es

Primera edición: enero de 2025
ISBN: 978-84-233-6677-4
Depósito legal: B. 21.951-2024
Composición: Realización Planeta
Impresión y encuadernación: CPI Black Print
Printed in Spain - Impreso en España

Para ti, Miquel

En la vida, cuando aprendes ciertas lecciones de lo que has vivido, ya es demasiado tarde.

Marguerite Duras,
La vida material

El recuerdo de la felicidad, ¿puede ser todavía felicidad?

Agnès Varda

Lo que parece milagroso y atemporal lo han conformado complejos factores humanos. Esta idea hace que las obras, mientras se mecen y se entretienen atentas a su propia belleza, su fragilidad y su herencia extraña, parezcan casi inocentes. Están en el tiempo y fuera del tiempo, mientras en la vieja ciudad las sombras van envolviéndolas.

Colm Tóibín,
La mirada cautiva

Primera parte

I

Lo habían encontrado descuartizado dentro de un contenedor. En las redes no se hablaba de otra cosa. Decían que al cadáver le faltaban la cabeza y las extremidades. La cabeza. Se estremeció como si se tratase de un secreto que solo ella conociese. Por un momento, hizo el esfuerzo de imaginárselo. A su mente llegaban sin cesar imágenes terribles que la obligaron a apartar muy lentamente la taza de un café americano que todavía humeaba. Deslizó el dedo por la pantalla para intentar que sus sentidos se llenaran de cualquier otra información, la que fuese: propuestas culturales, hilos insalvables con opiniones que nadie había pedido, política vacía de estrategia y llena de resentimiento, llamadas de atención disfrazadas de queja lanzadas desde la soledad de un dispositivo, deseos de buena suerte en el cambio de etapa de alguien que dejaba un periódico tras diez años trabajando en él. Un estudiante había perdido el portátil con su trabajo final de carrera en el autobús V15 de la línea de la Barceloneta y pedía a sus seguidores que las redes hicieran su magia. Eso era lo que siempre la salvaba, que a pesar de las tribulaciones de esa masa incorpórea de la que preferiría no formar parte, alguien invocase de vez en cuando rituales que requerían una confianza ciega en la humanidad. Intentó aferrarse a la idea del portátil perdido, considerar a fondo la posibilidad de difundir la petición entre sus seguidores para apartar la atención del cuerpo mutilado, pero se topó de nuevo con rumores no contrastados que, pasados unos minutos, ya eran imparables: «Habla el hombre que ha encontrado el cadáver del Eixample: "Pensaba que era un maniquí"».

Se llevó la mano al pecho con espanto cuando el camarero tiró los posos del café. Fueron los golpes contra el canto del cubo de la basura lo que la asustó. Hacía años que no llevaba la alianza, pero en situaciones como aquella todavía la buscaba instintivamente con el pulgar tanteando en la parte interna del dedo anular. Tendría pequeños sobresaltos como ese hasta bien entrada la noche. Volviendo de comer, comentó el suceso con sus compañeras de restauración. Algunas ya estaban al corriente, las otras pusieron cara de asco; con la reunión y la intensidad del trabajo se acabó olvidando del asunto. De vuelta a casa, durante el trayecto en autobús, pensó en el paisaje de *Camino del Calvario* de Hans van Wechelen y en la necesidad de intervenirlo. Creían que aquel acusado aspecto amarillento podía deberse a la oxidación de una capa de barniz gruesa que debieron de aplicar sobre el óleo en alguna restauración antigua. Con la mirada perdida, intentaba presupuestar el coste de las diferentes opciones de las que disponían para consolidar la policromía de modo que destacasen los tonos ocres del árbol que aparece en primer plano en la pintura del flamenco. Ella lo veía plausible. Al día siguiente lo consensuaría con la coordinadora de la colección y, si desde Dirección les daban el visto bueno, se pondrían con ello. Dar luz verde a los proyectos del museo le satisfacía enormemente.

Distraída, observaba el cielo a través de las ventanas del autobús y, con resignación, se amoldó a la idea de la ausencia de las señales inequívocas que, no hacía tantos años, solían marcar los cambios de estación: los dos impermeables amarillos de los niños de cuando eran pequeños, comprados en un viaje a Suecia, que solían estar colgados en el recibidor durante aquella época del año; los truenos y los chubascos de tarde de finales de verano, y el primer frío, que tampoco se dejaba sentir en aquel atardecer todavía caluroso. Después intentó recordar si su hijo mayor le había dicho que volvería a casa al salir de la facultad, o si era esa noche cuando tenía la cena con sus amigos. Tendría que cocinar algo para el pequeño, de todos modos. Se obligó a pensar en comidas agradables. No tenía ganas de complicarse con recetas sofisticadas. Desde que solo cocinaba para ella y los niños, había ido reduciendo los ratos que pasaba en la cocina, que tanto la abstraían de todo lo demás. Tiempo atrás había querido entender el hecho de aprender a cocinar como un acto de amor: rescatar el libro de recetas de su madre pocas semanas después de su fallecimiento y buscar el tiempo y las habilidades necesarias para resucitar sabores que la acercaran a ella. Registrarla en la memoria a través del gusto, de los olores, de su caligrafía y de los dibujos en los márgenes de la libreta. La recordaba siempre en la cocina; si le hablabas mientras ella cocinaba, te miraba desde una distancia que venía determinada por el esmero que ponía en lo que estaba haciendo, y si Joana hubiera podido verse a través de los ojos de otra persona, le hubiera parecido que, encarada al mármol de la cocina, adoptaba la misma expresión concentrada que la mujer que la había traído al mundo. El gesto sencillo con el que se recogía el pelo, aquel delantal que le otorgaba una categoría nueva, las mangas de la camisa remangadas, los anillos sobre la cafetera, junto a las pastillas de vitamina D. Trazas en su forma de hacer que respondían al aprendizaje instintivo adquirido a través del asombro que le despertaba su madre. A veces, cuando estaba en la cocina bajo la luz tenue, trajinando con los alimentos o amasando la harina, se arrepentía de no haberlo hecho antes; no me refiero a ponerse a cocinar, sino a haber compartido más tiempo con ellos. La conservación preventiva formaba parte del núcleo de su trabajo, hacía años que, entre otras muchas cosas, se encargaba de supervisar el entorno de las obras del museo para frenar su envejecimiento, para mantenerlas vivas. Era buena haciéndolo, y sin embargo sentía que con sus padres no había sabido detectar las señales. Se había dado cuenta demasiado tarde de que su envejecimiento podía acelerarse hacia la enfermedad y hacia la muerte. ¿Por qué no se las ingenió para lograr algo un poco más auténtico con sus padres? Cuando era una niña, se avergonzaba de tener unos padres tan mayores. La habían tenido pasados los cuarenta. Mientras estaban vivos y eran autónomos siempre le pareció que podía aplazar un poco más lo que era de vital importancia, presa como estaba en su día a día de la energía que el trabajo y su propia familia exigían de ella. Tampoco es que ellos le reclamaran nada. Eran unos abuelos discretos. Con los niños se habían dulcificado. Se veían cada dos o tres fines de semana. Los niños, entonces, eran pequeños. Ella y Biel llegaban al final de la jornada con la lengua fuera. Era capaz de mentirse, de creerse su propio convencimiento de que sus padres seguirían allí todo el tiempo del mundo. Una especie de tótem inmutable. Siempre le sonreían. Todavía le hacían sentir que era su centro, aunque ese centro ya no fuese para ninguno de los tres un lugar de encuentro, sino más bien un recuerdo al que aferrarse para no dejarse arrastrar por los embates del tiempo. No prestaba atención a lo que los sentimientos le hacían intuir, sino a lo que los pensamientos le hacían creer. La verdad, sin embargo, nunca se puede tomar a la ligera. Después, de golpe y de manera imparable, vendrían las pruebas médicas, el cansancio extremo, los diagnósticos del uno y de la otra, las miradas apagadas, febriles. Primero fue su padre. Al cabo de dieciocho meses, la madre. De un solo zarpazo de la vida habían desaparecido los dos. No dejó de acompañarlos ni un solo momento durante todo aquel descenso, pero se castigaría pensando que podría haber estado más mientras todo iba bien. No era tanto una cuestión de tiempo, sino más bien de distinción, de prerrogativa. De haberles dado prioridad durante los años en los que era hija y también adulta, cuando ellos todavía estaban atentos a todo lo que pasaba a su alrededor. Ahora ya no había nada que hacer, más allá de verse expuesta como un frágil tallo al viento y de tener que considerar a sus padres como dos pérdidas irreparables sobre las que, además, sentía que no tenía ningún control.

Todavía en el autobús, cruzando la ciudad en medio del agobiante tráfico de las cinco y media de la tarde, se aclaró un poco la garganta y abrió en el móvil la nota que llevaba por nombre *mochilas niños*. Aquella nota ya tenía casi seis años de antigüedad. La había creado el primer fin de semana que los niños se iban con su padre tras la separación. Borraba su contenido y escribía uno nuevo casi semanalmente. Al principio era imprescindible. Le preocupaba el carácter despistado de Biel. Pero con el tiempo ya solo apuntaba las cosas que se le podían olvidar incluso a ella: las espinilleras de fútbol del mayor, la autorización para la salida escolar al Laberinto de Horta del pequeño.

Una hora más tarde, en la piscina, mientras se ponía el gorro de natación de silicona procurando que no se le escapara ningún mechón de pelo, palpó la forma redondeada y compacta de su propia cabeza y evocó una vez más el dato anatómico de los rumores sobre el cuerpo descuartizado. Sintió una agitación nerviosa en su interior y, tras un gesto de negación, se ajustó la goma de las gafas. Empezó a nadar con un impulso excesivo que pretendía dejar atrás aquel día. Daba brazadas cortas, y al cabo de unos tres cuartos de hora, que equivalen a un montón de largos para alguien con un pasado deportivo, se detuvo, apoyó las manos en el borde e hizo fuerza contra el suelo empujando el cuerpo hacia arriba. Una vez sentada, miró a su alrededor satisfecha. Jadeaba un poco, con las piernas en remojo y las gafas sobre la cabeza. Las facciones más relajadas. El agua modificaba la dirección del sonido de las voces y de las risas de los demás usuarios. En la tercera calle se llevaba a cabo una actividad dirigida. Las órdenes de la monitora se elevaban hacia el techo. En la piscina se sentía reconfortada; en general, se sentía así en cualquier espacio donde existiera un régimen interno con obligaciones y recomendaciones. Donde se obliga a un mínimo de civismo. La vigilancia del socorrista, las señales de seguridad. Siempre había alguien que no nadaba por la derecha de la calle o que no usaba las zapatillas de baño, pero, por lo general, reinaba un orden que le permitía recuperar cierta condición natural. No siempre había sido así. De hecho, la imagen de la mujer actual que sentía que ahora representaba no casaba nada con la chica que era en los años noventa y principios de los dos mil. Entonces se hubiera descrito como una persona atrevida, aventurera y con la necesidad de correr siempre en campo abierto. Contra todo pronóstico, se había convertido en una mujer ordenada; una mujer separada y con dos hijos adolescentes que tenía tiempo para reflexionar sobre ella misma. Buena amiga del exmarido, con un empleo estable en una institución pública, un nuevo cargo que aún a ratos la descolocaba, una agenda rigurosa, un vibrador que más que proporcionarle placer sexual le hacía tomar conciencia de su soledad y un grupo de amistades bastante sólido. Los gastos de los estudios de los hijos, sus pequeños caprichos tecnológicos que les saciaban toda una serie de necesidades impuestas, las extraescolares, la ortodoncia de uno de ellos y más tarde la del otro. Ahorrando un poco acababa por llegar a todo. Compraba pescado fresco una vez a la semana y en la nevera siempre tenía una botella de vino blanco. Era generosa con los regalos de cumpleaños, disfrutaba de las fiestas de Navidad. Ser propietaria de un piso sin hipoteca heredado de sus padres suponía una ayuda. Sus padres, que ya no estaban. Una gran ayuda, de hecho. Y sin embargo, qué herida tan extraña. A menudo ese hogar le despertaba cierto sentimiento de culpa. De algún modo que nunca había confesado a nadie, se avergonzaba de vivir dignamente. ¿Acaso no era un poco insultante poder hacerlo hoy en día, en un mundo que parecía estar hundiéndose? El derecho a una vivienda digna. La gran angustia de la población. De un modo u otro, a menudo conseguía acomodarse a la situación sin hacerse demasiadas preguntas. También se puede vivir deslizándose solo por la superficie. Y con respecto a sus padres, ¿qué otro propósito podría alcanzar en relación con esta extraña herida después de tantos años sin ellos en este mundo? No dejar morir las recetas de su madre fue, durante un tiempo, una forma de redimirse. No pensaba demasiado en las razones de haber empezado a cocinar como su madre, pero cuando lo hacía, se daba cuenta de lo difusa que era la frontera entre la culpa y la añoranza. Haber perdido aquellos años buenos con sus padres le parecía que era un crimen difícil de aceptar.

Le costaba decidir por sí misma si la estabilidad de su presente era un valor o por el contrario restaba puntos a la personalidad más intrépida del pasado. Añoraba la manera de ser de su juventud: la competición, aquella amistad con las del equipo de natación que debía durar para siempre, las primeras veces de todo lo que acababa configurando una vida: amores, viajes, trabajos, errores, inquietudes apasionadas. Quizá simplemente glorificaba aquella época sin ataduras. ¿Y quién no lo hacía?, se preguntó mientras se secaba una gota de agua que le resbalaba por el rostro. Lo que temía del orden y el control era que podían desembocar fácilmente en un panorama monótono que ya no daba paso al siguiente acto, como si desapareciese entonces la emoción escondida en cada transición, la agitación contenida en el *impasse* entre un momento vital y el siguiente. De todos modos, mientras volvía a ponerse las gafas y le quitaba hierro al asunto, le pareció que todavía era demasiado joven para observarse con perspectiva, y, además, se aferraba siempre a una confianza: la posibilidad de que en algún momento la vida las contuviera a las dos, a la mujer que había sido y a la que era ahora. Sentada en el borde de la piscina, miró el reloj de la pared y se dijo que aún podía aprovechar unos minutos más. Volvió a entrar en el agua y, mientras nadaba de espalda, con las piernas batiendo alternativamente los pies, con un brazo en la fase aérea y el otro en la fase acuática, sintió lo agradable que era elevarse por encima de todas las vacilaciones e incertezas.

Las noticias de la noche confirmarían que el juzgado de instrucción número 23 de Barcelona había abierto diligencias para investigar el hallazgo. Según informó el Tribunal Superior de Justícia de Catalunya, el juez había declarado secreto de sumario. Faltaba la autopsia del cuerpo. Ella suspiró con los ojos clavados en la pantalla y se pasó los dedos rápidamente por encima de la clavícula izquierda. Guardó el discreto menaje de su cena. El mantel individual con un estampado de indianas moradas y la servilleta de tela en el cajón de la derecha, la cucharilla en el lavavajillas, el corazón de la manzana en el orgánico y el envase del yogur en la basura del plástico. Con el pie derecho sobre el pedal del cubo y una mano en la cintura, puso los ojos en blanco cuando vio que alguien había arrojado allí restos de comida. Se dirigió a la habitación del hijo pequeño dispuesta a regañarlo, pero cuando lo vio con cara de sueño bajo la luz del flexo repasando para un examen, con sus facciones todavía pueriles y las pestañas largas, se echó atrás y lo único que hizo fue dedicarle una sonrisa pícara y acariciarle el pelo. Era el pelo de Biel, los dos hijos lo habían heredado. Ondulado como el de los corredores de carreras de cuadrigas esculpidos en los relieves romanos. Sus hombres castaños y con aires victoriosos, cordiales, traviesos. Esa actitud despreocupada que los hacía irresistibles. De ella habían heredado algunas cosas que no resultaban tan evidentes, algunos miedos, no tantas fortalezas. Quería llenarlos de suerte y fortuna, alejarlos de los prejuicios, que tuvieran una vida satisfactoria. Que fueran caritativos, que no cayesen en ninguna adicción y mantenerlos lejos de la enfermedad. Todos esos deseos que les había ido inculcando en silencio o entre susurros desde que eran unos bebés rollizos que se dormían entre sus brazos. Rezaba a ningún dios con la fe cándida de una niña para que nada malo les pasase. Estar siempre con ellos. ¿Hasta qué punto se puede frenar lo que nos tiene preparado la vida? Cuando los tuvo, no podía imaginarse que los había traído a un mundo que era lo más parecido a la intemperie.

Levantó uno de los auriculares de la oreja de su hijo para decirle que ya era tarde, que se lavase los dientes y se fuera a dormir de una vez. La música estridente se oía opaca y vibrante entre sus dedos. «Te vas a quedar sordo, amor.» El chico protestó un poco y le dijo que se repetía como una vieja. Ella le dedicó una mueca y le hizo espabilarse. Él estiró los brazos por encima del respaldo soltando gemidos mientras hacía crujir aquel cuerpo de hombrecito en construcción. Pronto sería un joven curioso lleno de ideas impulsivas, un tanto irreverente y cascarrabias. Cuando se levantó, la pizca de niño que todavía quedaba en él necesitó del abrazo materno. Ella lo abrazó más fuerte que otras veces, con una mezcla de peligro real y temor imaginado. Al fin y al cabo, el cadáver del contenedor lo habían encontrado a solo cuatro calles de su casa. Dicen los expertos que el miedo conduce a la parálisis, y sin embargo, a ella la traslada a otro lugar, al reino de las supersticiones y los malos presagios. Creedme si os digo que la hacía actuar con nerviosismo. Aquella noche las sábanas le molestaban, sentía picor en las piernas. No se durmió hasta que su hijo mayor llegó a casa pasadas las dos de la madrugada. Pensó que era mejor hacerse la dormida y no desvelarse aún más. Con paciencia esperó a que él se metiera en la cama. Desde su habitación controlaba toda la casa: las luces y los sonidos amortiguados de lo cotidiano. El grifo abierto, el cepillado de los dientes, el golpe de la tapa del váter, los pies descalzos de su hijo mayor desplazándose por la habitación repleta de pósteres de grupos musicales y películas veneradas. El interruptor de la luz y después el suave rumor de las sábanas. Lo oyó suspirar y no pudo evitar levantarse de la cama para ir a darle las buenas noches. Le retiró el pelo de la cara y le dio un beso. Dieciocho años, pero aún conservaba aquella piel de niño en la frente y en la parte superior de las mejillas, donde no se afeitaba.

Sin que él se diera cuenta, y aprovechando la penumbra, mantuvo el rostro cerca de su cuello unos segundos más. El calor de la piel. La respiración pausada. La seguridad de tener a los dos cachorros en casa. Había algo reconfortante en el acto de proteger a los hijos. Esa responsabilidad que era solo suya y para los suyos. Ya no eran pequeños, pero aún se preocupaba por ellos y eran capaces de despertarle los temores habituales que se retorcían en su interior cuando, a veces, se empeñaban en sacar lo peor de ella. Y aun así, seguían generándole un tipo de ternura concreto e imprescindible. Cuando hablaba de ellos con Biel los llamaba *los niños*. Los llamaría así toda la vida, también cuando ellos ya fueran hombres.

—¿Os lo habéis pasado bien?

Con la voz un tanto ronca, él le habló de un bar de Gràcia en el que trabajaba la amiga de un amigo.

Le pareció que había bebido un poco por la pronunciación ligeramente pastosa y la gracia excesiva con la que su hijo contaba una anécdota anodina sobre el perro de la propietaria del bar. Ella sonrió en medio de la oscuridad. Era menos obediente que su hermano pequeño, más seguro de sí mismo. Hasta hacía poco contaba bastantes mentiras. Se movía por Barcelona en bicicleta. Se estaba sacando el carné de conducir. Era alegre. Se gustaba, y le gustaban los chicos. Uno le había roto el corazón el verano pasado. El primer amor. A ella la impresionaba su felicidad. Hacía que se sintiera orgullosa de que fuera alguien con ganas de exprimir cada minuto del día.

—¿Tienes clase mañana?

Medio dormido, emitió un sonido para decir que no. Ella volvió a tocarle el pelo y salió de la habitación con cautela, pero antes se acercó a la puerta de entrada y se aseguró de que su hijo había cerrado con llave. Encajó bien el pestillo y, cuando ya se alejaba hacia la habitación, no pudo reprimir el gesto de volver atrás y mirar por la mirilla. El rellano estaba iluminado por la luz de la escalera y la lente le otorgaba un aspecto de túnel largo y deforme. En la última reunión de vecinos, hacía unas semanas, habían acordado cambiar la bombilla del portal, que se activaba automáticamente a partir de las nueve de la noche, pero era evidente que por allí todavía no había pasado ningún electricista. La luz del techo parpadeaba de forma irregular. Sintió un escalofrío y se apresuró hacia su habitación.

Últimamente cuando se metía en la cama y echaba un vistazo rápido a su alrededor se decía que una cama doble era una tontería si estaba sola y no se colocaba en medio. Se estaba planteando comprarse una cama individual y ganar espacio en la habitación. Mejor encontrarse allí con una planta o un sillón para leer que con el recuerdo de un lugar incompleto que solo funcionaba a medias. Para ella, las costumbres adquiridas eran complicadas de alterar, y todavía dormía en el lado derecho como cuando compartía cama con Biel, junto a la ventana, lado mar. Ocupaba un espacio mínimo. Al levantarse cada mañana, la otra mitad permanecía intacta. Después de cinco años y medio, ya había perdido la costumbre de palpar el lado izquierdo vacío. Ya no se levantaba sobresaltada cada mañana por el hecho de reconocer que era una persona separada. Había conseguido colocar eso en su sitio. Lo aceptaba. Según cómo, incluso le gustaba. Y sin embargo, esa noche, cogió el libro que estaba leyendo de encima de la mesilla, unas memorias de Lucia Berlin con una selección de cartas y fotografías, y subrayó este fragmento en el que la escritora describe a uno de sus maridos: «Buddy se sabía divertir. Lo hacía tan bien. Disfrutaba de la gente y de la música, de los libros y de los cuadros. Sus siguientes obsesiones fueron la cultura y la historia de los indígenas americanos, la fotografía y volar. Ah, y nosotros tres». Levantó la vista del libro y se le llenó la mirada de nostalgia. Tragó saliva. Hacía una semana, cuando los niños habían vuelto de casa de su padre, le habían dado la noticia desde el recibidor, con gritos de entusiasmo, de que tendrían un hermanito. Clara estaba embarazada. Ella se los había quedado mirando con los ojos muy abiertos y expresión de sorpresa mientras seguía removiendo el sofrito para la pasta. Se alegró delante de ellos y, a continuación, mientras iba recogiendo las cosas que sacaban de las mochilas y dejaban esparcidas por todas partes, tuvo que convencerse de que todo estaba bien. Sintió cómo se formaba un nudo en su interior que no sabía de qué estaba hecho. Recordó que unos años atrás a ella también le había parecido que llegados a aquel punto de desencanto lo mejor era separarse. La tiranía de la monotonía afianzada. Ninguna estrategia nueva que pudiera volver a inyectar en ellos emoción e ímpetu a los días. Como casi todo el mundo que conocía de una edad similar a la suya, había perdido el interés en el matrimonio. Incluso la palabra le sonaba totalmente obsoleta. Había sido cosa de los dos, como si cada uno hubiera estado esperando a que el otro abordara la cuestión. Ya no recordaba quién había dado el primer paso, quién había autorizado aquel movimiento.

Más tarde, cuando los niños ya dormían, le llamó para felicitarle. Le hubiera gustado haber recibido la noticia de él directamente, pero eso no se lo dijo. Al fin y al cabo, ya no era asunto suyo. Él se excedió un poco en las explicaciones. Nunca había dejado de apreciarla y no quería mostrarle toda la felicidad que sentía con la idea de volver a ser padre. Sabía que podía herirla. De ella lo conocía todo, también la facilidad con la que podía convertirse en una pequeña ave de bosque de patas enclenques y quebradizas. En los últimos años había ido perdiendo sus puntales. Sola en el mundo, caída del nido desde donde se habían alzado sus fortalezas, se sentía más frágil. Mantuvieron la cordialidad y el afecto que se profesaban en cada conversación. Aún se llamaban a menudo sin ningún pretexto. ¿No era eso quererse? Cuando se dice que fue de mutuo acuerdo, todo el mundo asiente con la barbilla, pero en su caso sí lo fue, no como una expresión que resuelve una pregunta en una conversación, sino de mutuo acuerdo con toda la fuerza y la voluntad que esas dos palabras contienen. Quererse también era esa forma de hacer las cosas que tenían los dos. El entendimiento, la coherencia. No dejar al otro atrás ni siquiera a la hora de deshacer el camino que habían recorrido juntos.

Dejó el libro. Cuando apagó la luz intentó descubrir de dónde surgía ese atisbo de intuición que sentía y que no la dejaba tranquila. No lo identificaba como una sensación buena ni mala, era un punto intermedio, los nervios fácilmente excitables, quién sabe si se trataba de un cambio que estaba por venir. De pronto buscó el interruptor a tientas y, ya con la luz encendida, volvió a leer el fragmento subrayado centrando su atención en aquella última frase que hacía referencia a Lucia Berlin y a sus dos hijos: «Ah, y nosotros tres». Biel volvería a ser padre justo antes de cumplir los cincuenta. De una forma remota le pareció que ella y los niños se desdibujarían. Los niños seguro que no, se apresuró a corregirse; él había sido tan atento cuando nacieron sus hijos que estaba segura de que se volcaría del mismo modo con Clara y la criatura. ¿Cuál sería su lugar en aquella nueva estructura? Le pareció que ninguno. Que no había ningún espacio que pudiera contenerla y que quedaría excluida de sus vidas. Así sería como se desvincularían. Todos avanzarían. Clara sería madre por primera vez, Biel reproduciría la ilusión y renovaría su papel de padre. Los niños tendrían un extra en semanas alternas. Nuevos aprendizajes, nuevas diversiones. Canciones de cuna, pañales, papillas. El ambiente delicado y amoroso de las casas en las que hay un recién nacido. Pero no para ella. No había transición, ningún movimiento a la vista. Eso la hacía sentir como un estorbo. El mundo también era suyo, se dijo con todo el peso del sueño sobre los párpados. A veces, todo lo que les ocurría a los demás y lo que sucedía frenéticamente fuera de los confines de la casa y del trabajo hacía que se olvidara de eso. Que olvidara que ella había creído un día en su grandeza. Pero el mundo también era suyo. Se lo repitió hasta dormirse, como si fuera posible obligarse a las quimeras.

2

De fondo, solo podías oír el ritmo de la mopa de alguien del personal de limpieza. Al margen del sonido sordo del artefacto deslizándose por el suelo, el espacio se llenaba de un silencio ceremonioso poco después de que el museo cerrara las puertas al público. Ella, entretanto, inspeccionaba visualmente las obras para asegurarse de que no hubiera ningún cambio ni ningún desperfecto. Aunque se trataba de una misión prosaica y rutinaria, y a pesar de que hacía años que la llevaba a cabo de forma regular, encontrarse sola rodeada de pasado le despertaba a menudo una agitación singular, en particular frente a los retratos de épocas diversas que formaban parte de su paisaje diario y que la miraban directamente a los ojos. Lo sabían todo de ella. Estaba segura. Los estímulos más edificantes, sin embargo, los sentía habitualmente en las salas del románico, que reproducían en muchos espacios partes de la arquitectura de las iglesias del Pirineo, de donde las pinturas murales habían sido arrancadas a principios del siglo xx, como parte de la magna campaña de la Junta de Museos de Barcelona ante la situación de extrema urgencia de perderlas todas a causa del expolio o de los marchantes de arte que las vendían a coleccionistas y comerciantes de antigüedades. Quizá por la disposición que tenían las salas del románico, que tanto recordaban a un templo sagrado —la atmósfera de recogimiento, la iluminación tenue, la austeridad y la iconografía cristiana—, conectaban con su propia idea de la fe, que era totalmente abstracta y que la llevaba no tanto a un credo, sino hacia cierta espiritualidad, así en términos generales. Sin una educación académica religiosa —más allá del estudio iconográfico posterior a través de las carreras de Bellas Artes e Historia del Arte— ni tampoco la herencia familiar de unos padres practicantes, o un entorno social que promoviera el orden invisible del cosmos para justificar de algún modo nuestro paso por este mundo, la colección de arte románico suponía para ella el contacto más místico al que podía aspirar. Pero no era la religión implícita en el arte lo que le fascinaba, sino más bien la dimensión abstracta de las pinturas, que eran lo más parecido a un camino hacia la profundidad, hacia la concentración y hacia la conciencia de las generaciones anteriores que, desde hacía novecientos años, habían depositado allí, en aquellas mismas imágenes imponentes que ella revisaba con linternas de luz rasante milímetro a milímetro para comprobar que no hubiera ninguna fisura o incisión, sus plegarias, sus miedos, sus cánticos, quién sabe si sus anhelos y sus fantasías. Entendía que aquellas pinturas ya estaban emancipadas del carácter sagrado para ella y para según quién las mirara. Sacadas de las iglesias originales y conservadas y expuestas en un museo perdían el carácter sagrado con el que habían sido concebidas, pero aun así, para ella seguía prevaleciendo algo que, según cómo, también era sagrado —no en el sentido de veneración, sino más bien a través del entusiasmo que despertaba en ella— y que tenía que ver con la transmisión. Le fascinaba la forma que tenía el arte de llegar a otra persona. De pasar de unos a otros. Aquellas pinturas y esculturas implicaban una forma de transferencia. Por muchos siglos que hubiera entremedias, eran un intento de obtener el reconocimiento de otro, tanto si se trataba del afán del maestro que las había pintado por ser visto o reconocido, como si provenía del rastro humano de quien las había visto en tiempos remotos, con los colores vivos y en el lugar original que las inscribía en su narrativa verdadera. Era una conexión perfecta a través del tiempo y representaba también, para Joana, la dimensión real del arte: el pasado y el presente unidos. Algo siempre difícil de expresar. Una percepción alternativa del tiempo, por así decirlo. No el tiempo del ruido, de la calle, del murmullo de fondo, sino ese otro tiempo eterno y quieto, el que en un momento determinado hacía que te preguntases qué diablos debías hacer con tu vida.

Estaba trabajando frente a la zona que reproducía los absidiolos laterales de Sant Quirze de Pedret, que contenían las pinturas originales al fresco de finales del siglo XI e inicios del XII. Un espacio reducido y de forma semicircular. Iluminó el interior del absidiolo con la linterna y se encontró con los rostros de las vírgenes prudentes, que siempre le impresionaban por la mirada de gran intensidad de sus ojos y los rostros impregnados de bizantinismo, los detalles de los pendientes, el punteado blanco de los zapatos, los dos círculos rojizos en las mejillas, las coronas y sus candiles encendidos. Era como un saludo que inspiraba simpatía. Ella con su linterna y ellas sosteniendo las lámparas de fuego. Al otro lado, las vírgenes fatuas con los pequeños vasos vacíos en el suelo. Según la parábola recogida en el evangelio de Mateo, y aludiendo al juicio final, estas se habían quedado fuera porque no habían llevado aceite para encender los candiles. Solo quienes estén preparados podrán entrar en la casa del Señor. Las había visto tantas veces a lo largo de los años que ya no percibía la solemnidad y el hieratismo de las figuras eclesiales, sino que las revestía de otros matices que las hacían más humanas y expresivas, como si se tratara de un grupo de mujeres que conocía bien y que la miraban a ella con atención. Parecían preguntarle qué hacía, a qué se dedicaba, si gobernaba, si hilaba, si curaba, si tenía hijos a los que amamantar. Con ellas delante, a Joana le resultaba imposible no pensar en las mujeres que habrían visto aquellas mismas pinturas una vez consagrada la iglesia, mujeres pioneras y pobladoras que sacaban las tierras del páramo y construían viviendas y cultivos; mujeres que, a diferencia de ella, colonizaron la tierra. Parecían advertirla siempre de algo, que fuera previsora, que estuviera preparada para poder salvarse.

De pronto, notó la presencia de alguien detrás de ella y se giró sobresaltada.

—Ostras, me has asustado.

—Perdona, Joana. Última ronda de seguridad. Cuando termines, reviso la salida y me marcho, que ya va siendo hora. Soy Marc, ¿recuerdas?

Ella se encogió ligeramente de hombros y luego le dedicó una sonrisa casi imperceptible. No entendía por qué debería saber que se llamaba Marc. Le sorprendió que la saludara con tanta cordialidad. Si bien el personal de seguridad tenía la obligación de conocer al resto del personal interno del museo por la naturaleza del papel que allí desempeñaban, el cargo de Joana no conllevaba ese deber. A veces lo pasaba mal porque los nombres se le iban de la cabeza. Era capaz de retener cualquier rostro o detalle físico, pero era olvidadiza con las fechas y los nombres. En cualquier caso, se habría apostado el cuello a que nunca los habían presentado. Continuó iluminando con la linterna la parte inferior de la pared donde estaba dibujada la greca y el cortinaje. El vigilante de seguridad le habló de un concierto de música electrónica en la Sala Apolo. «Tengo entradas», le dijo. Había una insinuación en el tono. Se hizo una pausa incómoda antes de que él volviera a hablar. Habían venido unos amigos de Castellón que se quedaban a dormir en su casa un par de días y al día siguiente irían al concierto juntos. Aunque el interés era mínimo, ella soltó un sonido aspirado para hacerle saber que lo escuchaba sin dejar de revisar las pinturas. No podía creer que la estuviera invitando a un concierto. Tampoco estaba segura de estar entendiéndolo bien. Movió la linterna desde abajo hasta la jamba del arco de acceso al falso absidiolo. La luz rasante daba un aspecto misterioso a los frescos. Re-

35

saltaba las texturas tangencialmente, y los contornos de todas aquellas mujeres antiguas adquirían un aire fantasmagórico. Sin saberlo expresar con palabras, le parecía que lo que sentía si las miraba directamente a los ojos era más aparente que real. La suela de los zapatos de goma del vigilante rechinó sobre el suelo impoluto mientras se le acercaba. En ese momento de extraña intimidad, su presencia le resultaba molesta. Marc, vestido con su uniforme gris y armado con pistola, porra y esposas, se ajustó el auricular y pulsó el botón del *walkie-talkie*.

—De sala 3 a control, finalizo ronda sin novedades.

Los techos eran altos y los espacios diáfanos. Visto desde lejos todo adquiría un aire grandilocuente, pero si te acercabas, no dejaba de ser una escena banal como cualquiera, alguien en la tierra buscando la atención de otro.

—¡Por cierto, Joana, enhorabuena por el nuevo cargo! Creía que ya no volverías a hacer revisión de salas y que no volveríamos a coincidir los dos así por aquí, quiero decir, por las noches, a solas...

Aunque ella seguía dándole la espalda mientras trabajaba, podía notar su mirada expectante clavada en la nuca. A la espera de una respuesta. La alusión a encontrarse los dos solos en la sala la pilló desprevenida. Estaba segura: había dicho por las noches. Había añadido a solas, pero lo que le había alertado había sido el tono empleado, el de una confianza que en realidad no existía entre ellos. Durante el día se cruzaba con personal de seguridad muy de vez en cuando, solo si salía del despacho para ir a algún otro sitio, a reunirse con alguien, a comprobar alguna obra o a resolver cualquier otra tarea de las muchas que conllevaba su cargo en el museo. No siempre coincidía con los mismos. Admiraba su función. Desconocía sus horarios, sus particularidades. Para ella, Marc, como persona, era alguien prácticamente inexistente. Fuera del museo no había pensado nunca en él. Si le hubieran pedido que describiera su físico de memoria, no hubiera sabido decir de qué color tenía los ojos. Ignoraba qué peinado llevaba. No sabría ponerle una edad, debía de ser bastante más joven que ella, pero tampoco es que sus facciones fueran muy inocentes, quizá no llegaba a los cuarenta, o quién sabe si tendría algunos años más. En fin, que no sabía nada de él. Podría decirse que no formaba parte de su vida. Se mostró empática, más por salir del paso que por ganas. El doble sentido de las palabras del vigilante la habían inquietado molestamente.

—Gracias. Pero por nada del mundo dejaría de hacer revisión de salas con el museo vacío. Es de las cosas que más me gustan.

Al instante se arrepintió de la respuesta. Parecía que lo animara a continuar. Él dibujó una expresión de satisfacción en la cara y no dudó en hacer crecer la conversación. Le dijo que su deber era velar por las instalaciones y las personas que había dentro. Que sería un placer continuar velando por ella. Joana parpadeó con incredulidad. No entendía esa confianza repentina. Había terminado de revisar las pinturas, pero fingió que había visto algo y que lo anotaba. Así ganaba tiempo con la esperanza de que se fuera de una vez. ¿Cómo podía ser que de la nada se hubiera generado aquel diálogo absurdo e inapropiado? De repente notó que lo tenía justo al lado. Sintió la pierna del vigilante contra la suya. Se limitó a girar levemente la vista y, mientras él le hablaba casi al oído, se fijó en el tatuaje que sobresalía por debajo de la manga corta de la camisa gris del uniforme. No supo identificar de qué se trataba, pero le pareció que el tamaño era grande, por lo que debió suponer una herida hostil para su cuerpo en el momento en el que se lo hizo. Ella, que convivía con imágenes e iconografía a diario y desde hacía tantos años, solo captó la molesta forma angular de una figura geométrica y el olor penetrante y dulzón de un perfume. De un desodorante barato, tal vez. El vigilante hizo el intento de apoyar la mano sobre el hombro de Joana. Tenía los dedos largos y carnosos. Las uñas roídas con la carne dolorida e hinchada debajo, evidenciando el hábito compulsivo de aliviar así ciertos aspectos que a buen seguro le complicaban la vida.

—Hoy, a última hora de la tarde, ha venido un grupo de turistas jóvenes a las que he tenido que llamar la atención varias veces. No te extrañe que...

—Todo en orden. Si me permites, quisiera terminar de hacer mi trabajo.

Joana le habló con un tono hostil y autoritario, sin dejar de mirar a la pared. Movió el hombro bruscamente para crear un espacio físico entre los dos, para apartarlo. El corazón le iba a mil por hora. No era alguien ágil imponiéndose a los demás. En las reuniones de equipo que muchas veces tenía que proponer y conducir desde hacía unas semanas, tenía que empeñarse a fondo para llevar la batuta cuando las cosas se complicaban. Como quien dice, en el campo profesional apenas estaba empezando a aprender a no huir de los conflictos. Notó que él se retiraba. El tintineo metálico del manojo de llaves contra las esposas que colgaban del cinturón se oía ya en la sala de al lado. A los pocos segundos, el rechinar de la goma de los zapatos sonó a lo lejos. La había dejado sola. Se sintió aliviada. En circunstancias normales hubiera corrido tras él para disculparse por el tono, pero no acababa de entender lo que había pasado. Se limitó a retocarse el pelo con gesto inquieto, y miró la pantalla del móvil que llevaba en el bolsillo del pantalón sin buscar ni ver nada en concreto. ¿Quizá se había excedido? Joana podía ser frágil, pero os aseguro que nunca ingenua. Tomó aire y, al cabo de un rato, terminó de revisar las salas que le quedaban. Caminaba un poco aturdida. No se quitaba de encima la sensación de que a partir de entonces evitar al vigilante supondría un nuevo apuro con el que tendría que lidiar a diario. Sintió la necesidad de lavarse las manos.

Cuando más tarde salió a la calle tras despedirse de los pocos compañeros que quedaban en el edificio, el sol ya se había puesto. Desde la salida de las oficinas se dirigió a la parte frontal del museo en la que empezaban las escaleras. Por el mirador todavía paseaba un buen puñado de turistas con aire relajado que se fotografiaban con la ciudad a sus pies, un telón de fondo de luces titilando a lo lejos. Oyó una estridente risa colectiva que venía de la felicidad nerviosa de un grupo de chicas asiáticas que posaban para hacerse selfis frente al móvil. La que alargaba el brazo para hacer la foto giraba un poco uno de los pies hacia adentro. Reproducía un gesto de coquetería icónico, un gesto que ella ya no se veía capaz de copiar bajo ninguna circunstancia sin sentirse ridícula. La coquetería, se dijo, era para complacer a los demás. Les dirigió una breve sonrisa cuando pasó por delante. Ellas reían alborotadas y hablaban con sonidos cortos y acentos tonales que no supo reconocer. Pensó que eran hermosas, aunque quizá simplemente eran jóvenes y se sentían vivas.

Pese a ser un día de entre semana de finales de septiembre, la afluencia de turistas todavía era notable y los vendedores ambulantes de botellas de agua, refrescos, bisutería y palos de selfis seguían concentrándose en aquel punto. Unos metros más allá, sin embargo, todo reposaba en silencio. Era una zona con mucha vegetación. Enseguida percibías la humedad y el zumbido velado de los pequeños insectos, también el tufo a orina que se filtraba a través de la porosidad del suelo de asfalto recalentado por el sol. Llegaba tarde al autobús. Bajaba concentrada en los escalones, en plena disputa con ella misma por haberse impuesto desde hacía algunas semanas la obligación de no coger el coche para ir al trabajo y utilizar el transporte público como una forma de contribuir a la sostenibilidad. Pequeñas teorías extraídas de artículos, ecoansiedad puntual. Llenar de golpe la nevera de productos orgánicos y más tarde leer en alguna parte que la mayoría generan una huella de carbono considerable y que degradan el suelo. Opiniones contradictorias a cada instante.

Dejar de comer carne, confusión, culpa, una pila en el contenedor de plástico. Por el momento, intentaría no coger el coche. Si perdía el autobús que pasaba dentro de diez minutos, a esas horas tendría que esperarse como mínimo un cuarto de hora más antes de que llegase el siguiente. Aceleró el paso, pero la escalinata mal iluminada no le permitía ir tan rápido como querría. Renegó contra los escalones y contra Greta Thunberg. «Me cago en Thunberg», murmuró en voz baja. Enseguida se le escapó una sonrisa por su propia estupidez. ¿Qué había sido de Greta Thunberg? Le vino a la cabeza la emblemática imagen de la niña sentada sola ante el Parlamento sueco, con su cartel reclamando acción climática. Le parecía que pertenecía a otra época. Nos habían alimentado con su imagen pública hasta convertirla en un producto, un símbolo opuesto al movimiento más grande que ella abanderaba, en el que el foco debía centrarse en la crisis climática y no en su persona. Repensar el mundo y ese tipo de cosas: eso era lo que Joana creía que debería provocar la amenaza que planeaba sobre nuestras cabezas, pero lo cierto era que, ante unos desafíos de tal magnitud, no tenía demasiada fe en la raza humana. Cuando llegó al primer tramo de las escaleras mecánicas se detuvo en seco. En la penumbra, fuera del alcance de la luz de la farola, apoyado contra el muro bajo donde empezaban las escaleras mecánicas, reconoció la silueta de perfil de un hombre con una mochila colgada en el hombro derecho. Tenía la vista perdida en dirección contraria a donde se encontraba ella. Fumaba. El ascua del cigarrillo se movía pausadamente como una luciérnaga al rojo vivo. Vestía una camiseta de tirantes que dejaba ver todo el tatuaje. Pese a la penumbra, finalmente lo distinguió: un diamante, un rombo anguloso que ocupaba buena parte de los tríceps de Marc, a quien hasta entonces solo había visto en el trabajo correctamente uniformado e identificado. El hombre soltó el humo en dirección a la ciudad y, tras tirar lo que quedaba de cigarrillo, lo pisó con la punta del zapato. A continuación lo vio bajar impasible por las escaleras mecánicas. Tenía la espalda ancha y un cuerpo intencionadamente musculoso. Tuvo que esperarse a que él llegara a la altura de las fuentes del eje de la avenida María Cristina para retomar de nuevo su camino. Faltaban pocos minutos para que pasara el autobús. Todavía tenía que atravesar toda la plaza España y caminar un buen trecho hasta la parada, pero un leve temblor de las piernas le impedía moverse. Sentía que se le habían agotado las fuerzas. Finalmente perdió al hombre de vista y reanudó la marcha con precaución y sin dejar de mirar tan lejos como podía.

La zona estaba casi desierta. La Font Màgica y las fuentes de la avenida estaban apagadas desde principios de verano debido a la activación del protocolo de sequía en la ciudad. Leía el cartel a diario cuando iba y volvía del museo, y cada día aquel mensaje la desgarraba por dentro, haciendo que empezara y terminara la jornada de una forma tan agónica como la imagen árida de los paisajes que ardían por todas partes. Se volvió para ver si había más gente bajando por las escaleras. Eso habría hecho que se sintiera más segura. No quería volver a encontrarse al vigilante. Cada vez estaba más oscuro y solo distinguió a una pareja que caminaba a paso ligero, agarrados de la mano y muy enamorados. Enamorados hasta el punto de ignorarla. Detrás, alzándose por encima de ella, el museo la miraba recogido dentro del Palacio Nacional, con su cúpula y sus inconfundibles haces de luz que se acababan de encender y lucían majestuosos contra la oscuridad del cielo. Dentro del palacio, vacío de gente, en medio de un imponente silencio roto únicamente por la vibración de algún motor, seguían las cámaras de seguridad, la sala de control de videovigilancia, los indicadores luminosos de las señales de alarma, las galerías subterráneas. Todo un mundo sumido en un reposo que, por contraste, contenía el bullicio de los santos y las vírgenes, los ideales de belleza y salvación, el sufrimiento de todos los mártires, las gárgolas de piedra con la boca oscura, la contención, la severidad, los actos vergonzosos, todo lo que no era virtuoso y refulgía de impureza, pero también los retratos de todos aquellos que ya no estaban, sus miradas perennes, la ropa elegante, los interiores refinados, la comodidad, la modernidad, el éxito alcanzado. La juventud eterna. Naturalezas muertas, paisajes, juicios finales, alegorías. Una amalgama de imágenes como testimonio de la recompensa o la virtud, y también del temor reverencial. La celebración de la belleza y la perdición del caos. Un espejo del mundo que reflejaba la alegría, la fe, la tristeza, el miedo, el intelecto, los sueños, el amor, la muerte. Y desvaneciéndose en el tiempo y por encima de todo, los esfuerzos por entender el propósito o la razón última de la existencia.

3

Los viernes al mediodía atravesaba la Sala Oval del museo con el entusiasmo que siempre le provocaba la promesa del fin de semana, pero también la idea de quedar con Laura. En vez de encontrarse directamente en la cafetería, donde solían comer algo ligero para poder seguir trabajando por la tarde, iba a buscarla al laboratorio, que se encontraba lejos de su despacho, al otro lado de la Sala Oval, junto a la entrada de mercancías. Le encantaba oírla hablar de su trabajo y saber acerca de lo que tenía entre manos. La encontraba siempre con la radio encendida, con el batiburrillo de una tertulia de fondo o bien con la música puesta. Laura era la única química de todo el área de restauración y conservación preventiva, y trabajaba sola en aquel espacio. En una pared del laboratorio tenía un póster del año 2019, declarado por la UNESCO año internacional de la tabla periódica. Era un póster enorme y muy colorido que lucía enmarcado como un icono cultural. Junto a la puerta, más como decoración que como material de estudio, había colgadas unas fotografías del tamaño de un folio de estratigrafías de muestras de pigmento.

Laura y ella nunca se cansaban de contemplar aquellas composiciones microscópicas que, con la fascinación con que las trataban, una vez impresas en papel, acababan convertidas en nuevas obras de arte fortuitas y dignas de admirar, al menos para ellas dos.

Hacía unas semanas, Joana había recibido un mensaje en el móvil mientras llenaba los farragosos impresos de un préstamo que debían hacer a otra institución. Laura había escrito únicamente «Tenemos el mejor trabajo del mundo. ¡Te envío *aurum*!». Una expresión informal y totalmente inventada que utilizaban a menudo entre ellas para despedirse por escrito. Hacía referencia al oro, que en latín tiene por nombre *aurum*, brillante aurora. A continuación le había enviado dos imágenes que correspondían a los análisis microscópicos de los dorados de Bartolomé Bermejo, pintor activo a finales del siglo xv del que habían estado hablando hacía unos días. Cuando abrió ambas fotos sintió una gran excitación. La magnificación de las combinaciones de partículas de pigmentos bajo el microscopio daba unas imágenes de gran suntuosidad. Parecían paisajes oníricos, sueños del pasado, volcánicos, poéticos, boreales. Una veta de oro chispeaba en medio de todas las tonalidades del negro. No pudo evitar sonreír ante las fotografías. Sonreía por el impacto de la belleza, pero lo cierto era que la emoción surgía del hecho de compartir con Laura un código, una pequeñez inmensa que nadie más era capaz de entender salvo ellas dos. Una amistad podía basarse también en un sistema convencional de signos propios. Con aquellas dos imágenes, Laura le había hecho un regalo. Tal vez fuera un detalle sin importancia, una foto llena de dorados enviada por WhatsApp, nada del otro mundo, pero el valor estaba en que hubiera sabido que a partir de esos dorados podía hacer algo significativo para su amiga.

La vio de lejos, sentada con la bata blanca frente al microscopio, aún absorta en su trabajo. Aminoró un poco el paso en una señal de respeto. Entró sin hacer ruido, con las manos en los bolsillos del pantalón y una expresión alegre en la cara. Tampoco hacía tanto que eran amigas. Todavía la idolatraba. Aunque no colaboraban de forma continuada, se sentía afortunada de compartir el entorno laboral con alguien con quien existía una conexión tan genuina. Tenía una personalidad discreta. Era meticulosa y prudente. A veces, con algunas de sus amigas de siempre, Joana no podía evitar una especie de alquimia comparativa muy propia del universo femenino que, según cómo, hacía que la incomodidad se instalara entre ellas, pues las llevaba a una suerte de competición. Tenían tendencia a chismorrear sobre aspectos de la vida de los otros o sobre algunas relaciones o decisiones que Joana, a diferencia de ellas, no quería juzgar severamente. Con la maternidad, sin ir más lejos, algunas mostraban unas actitudes sobreprotectoras que a ella la irritaban profundamente. Laura, en cambio, había aparecido en una etapa de su vida en la que los años ya no eran tan impresionables, en la que nada tenía el tacto de un libro en blanco. Era una amistad fácil. La mujer de mirada cómplice con la que al principio solo había hablado de cosas concretas, como la hematita o el tono rojo del óxido de hierro a raíz del análisis de algún pigmento, había resultado ser aquel hallazgo valioso, totalmente inesperado, con quien podía conversar de todo. Era noble y atenta, y con su discreción, su sentido del humor y su honestidad, le había hecho comprender que su amistad ocupaba ahora en su vida un papel central. Tenían los mismos años, y por tanto compartían la fragilidad de ese momento en que, pese a no ser ya jóvenes, aún les quedaba mucho tiempo antes de convertirse en ese concepto amorfo que se tiene de las mujeres a partir de una cierta edad. Y sin embargo era imposible, incluso en esa etapa central de sus vidas, no sentir la presión de un sistema que pregonaba un hedonismo que no resultaba compatible con unas vidas ya tan llenas de responsabilidades. Laura tenía una hija de dieciséis años y seguía casada con su primera pareja. Él era un profesor de Matemáticas con quien compartía la pasión por las ciencias y el trabajo disciplinado, pero, al igual que le había pasado a Joana con Biel unos años antes, entre ellos el amor se había convertido en algo más fraternal que otra cosa. Un cierto amodorramiento se había instalado discreta y lentamente entre los dos, como el hollín en las paredes de una casa vieja pero todavía protectora. Las dos amigas añoraban algo parecido al misterio, a la expectación. Como les ocurría a todas las personas de su generación, en ellas coexistían el mundo viejo y el actual, que quiere ser nuevo y revolucionario pero no acaba de pasar página. Individualistas, ambas se mostraban un tanto cínicas con los valores morales de la actualidad. Habían crecido durante la revolución del divorcio.

Pertenecían al universo de los que posiblemente han sido testigos de una ruptura más radical con los valores establecidos. Procuraban adaptarse al mundo contemporáneo para no quedarse atrás, pero a veces se sentían desbordadas por el ritmo vertiginoso de los cambios y las novedades. Durante aquellos primeros años de amistad se complementaban en sus creencias. Podían oponerse al capitalismo desde la teoría. No querían ceder a la mercantilización del amor. Todavía tenían algunos arrebatos románticos. Aunque no pasaran de ser meros pensamientos o ideas, los soltaban al azar; ninguna de las dos necesitaba analizar con cuidado lo que iba a decir para no incurrir en errores fatales. Juntas podían ser ellas mismas, sin filtros. A menudo se contradecían con respecto a cosas que un día admiraban y al siguiente rechazaban sin miramientos, como la posibilidad de desafiar al tiempo con algún retoque en el cuerpo y en la cara con la que el algoritmo las asediaba a través de ofertas constantes. En una capa más profunda, y a fuerza de acostumbrarse a ello y de verlo integrado también en todo su entorno, habían llegado a obviar que estaban realmente cansadas mientras seguían cumpliendo con sus obligaciones. Un cansancio real que esta época había convertido en un aspecto casi estético. ¿Quién no estaba cansado? No era solo un síntoma de los tiempos, era una forma normalizada de estar en el mundo. La palabra *estrés* estaba bien vista. El mundo glorificaba el agotamiento. De ese modo, la validación externa que imperaba por todas partes y que todo el mundo exponía a través de las redes les servía a veces de guía para sí mismas y a veces les resultaba repulsiva. Era más difícil que nunca ser uno mismo, quizá por eso se apreciaban la una a la otra, porque sentían que era un descanso poder disfrutar de una relación para la que todavía no se habían inventado contratos ni protocolos. Cuando compartían ratos juntas la comodidad las sostenía; vistas desde lejos hablando por los codos parecían pletóricas de energía. Sus conversaciones fluían incesantemente, nunca se cansaban. Tenía todo el sentido del mundo que anhelasen la llegada de los viernes al mediodía.

—¡Dos minutos y termino! Espera a ver la muestra de Burgal. ¡Tenías razón con la azurita!

Joana sonrió. Se acercó con cautela. El penetrante olor a etanol invadía todo el espacio. En la radio sonaba el informativo. Un locutor traducía las palabras del primer ministro polaco por encima de la voz original, que decía que no enviarían más armas a Ucrania porque ahora se centrarían en dotar a Polonia de armamento moderno. Laura se volvió hacia ella sosteniendo una muestra. Era una micra de pintura, prácticamente invisible para el ojo humano, cortada como si fuera un trozo de tarta y montada en un fragmento cuadrado de resina clavado en un bastoncillo metálico. Vista a través de las lentes de aumento de un microscopio, se podían observar las capas que el artista había colocado y cómo lo había hecho. Laura tenía las manos pequeñas, y sus dedos, acostumbrados a trajinar miniaturas, terminaban en unas uñas limpias y redondeadas. Nunca las llevaba pintadas. Eran unas manos rápidas, resolutivas. Hablaron brevemente de los resultados de la analítica mientras se iban inclinando, ahora una, ahora la otra, hacia el ocular del microscopio. Por encima de sus comentarios alegres y exaltados, el locutor informaba de que el Ejecutivo griego había dejado de proporcionar alimentos y agua a las personas que residían en el campo de Moria con la intención evidente de utilizar el hambre y la falta de vivienda como palanca para que la gente se marchara de la isla de Lesbos.

Laura lo recogió todo y agarró el bolso. Apagó la luz y la radio, y de pronto el mundo de ahí fuera, lleno de tensiones que lo herían y lo hacían impracticable, se detuvo en seco. El silencio se apoderó del laboratorio mientras las voces de las mujeres se alejaban entre risas. Ellas sabían, como todos sabíamos, cosas terribles relacionadas con la violencia, el terrorismo o los Estados fallidos, y no eran ajenas a realidades como que algunos países pronto serían inundados por las aguas en ascenso. Toda aquella verdad avanzaba como una entidad viva de forma nada asimilable. Podían tratarlo como noticias, preocuparse y pensar en ello con más o menos intensidad, pero lo cierto era que para lo que realmente estaban capacitadas era para olvidarse de todo eso durante buena parte del día. El olvido como mecanismo de protección. Todavía costaba ver la fotografía completa, asimilar el colapso como una realidad propia. Sí se podía hablar como algo propio de la controversia sobre si los sistemas de inteligencia artificial generativa serían capaces de tener una teoría de la mente que les permitiese descubrir lo que pensaban los humanos, se podían publicar libros que ponían al individuo en el centro de la literatura y celebrar simposios de cine, se podía discutir largamente sobre el proceso de independencia y opinar sobre las nefastas actitudes patriarcales en el deporte, se podía saber cuál sería la tendencia musical la siguiente temporada y reproducir una y otra vez el vídeo más viral de la semana, pero aquel rumor de fondo avanzaba ajeno a todo eso, y lo cierto era que la única manera que tenían de detenerlo, la única manera que por el momento conocíamos, era apagar la radio.

Una vez en la cafetería de la Sala Oval, saludaron a unos compañeros de carpintería que también habían ido a comer allí y se pusieron en la cola del bufé. Comentaron con ellos la calma siempre relativa, pero calma al fin y al cabo, que reinaba ahora en el museo en comparación con el ritmo frenético de hacía solo unos días. El Museo Nacional de Arte de Cataluña había sido la sede del II Congreso Internacional Encuentros Mediterráneos, en el que tanto Joana como Laura habían intervenido como ponentes. El congreso coincidía con el centenario del redescubrimiento, el arranque y la musealización de las pinturas murales románicas, que a su vez había servido de impulso para iniciar el proyecto «Más románico», con el que preveían completar tres conjuntos de arte románico con fragmentos que hasta entonces habían permanecido en la reserva del museo. Se trataba de Sant Climent de Taüll, Sant Pere del Burgal y Sant Joan de Boí. Ya hacía más de un año que trabajaban a fondo en ello.

Tanto Joana como Laura llevaban las cintas colgadas del cuello con los identificadores, y una mujer corpulenta de mejillas rosadas y unos ojos azul cielo que la delataban indefectiblemente como nórdica se fijó en ellos y, seguidamente, con la bandeja de la comida en las manos, las miró con curiosidad. Señaló la identificación de Joana y, en un inglés muy correcto, le preguntó si trabajaban allí. Ellas asintieron. «So, so beautiful. This place is wonderful», dijo mirando a su alrededor. Le dieron las gracias. Nunca te acostumbras del todo a las proporciones de un museo como este, ni a su dimensión física, ni a esa otra dimensión que se mide a partir de las sensaciones que provocan algunas de las obras que contiene. Joana pensaba entonces que tenía que ver con lo que el pasado seguía perpetrando en ese espacio, un testimonio físico del pasado que se podía sentir de una forma tangible. Toda aquella herencia en diálogo con el presente. Ni siquiera el tiempo podía agotar la capacidad de conmover. Tantos años trabajando allí y todavía se sorprendía a veces moviéndose por aquel lugar con aire de asombro. Sonrió con amabilidad a la mujer extranjera. Quizá sí que tenían el mejor trabajo del mundo.

Cuando se sentaron a una mesa del fondo, Joana vio a alguien del personal de seguridad comiendo solo, de espaldas a ellas. El inconfundible uniforme gris de Securitas. El corazón le dio un salto. Laura le hablaba de unas entradas de teatro para el sábado por la noche. Estaba distraída aderezando el plato y no se dio cuenta de la paranoia que paralizaba a Joana. Cuando comprobó que era mucho mayor que Marc, de complexión más delgada y pelo canoso, suspiró ruidosamente con alivio.

—¿Te aburro? —se rio Laura.

—No, perdona. Creía que no había cerrado el despacho.

Siempre le sorprendía su capacidad de improvisar con una mentira. Mientras su amiga seguía hablando de horarios y entradas, y de un local adonde la llevaría si al final se animaba a acompañarla el sábado, Joana consideró por un momento comentarle el incómodo incidente que había tenido con el vigilante hacía unos días. Le hubiera gustado preguntarle si lo conocía, si sabía algo de él, algún detalle que la ayudase a restar importancia al episodio. Pero no le dijo nada. Al fin y al cabo, era una anécdota que le había sobrevenido como un inciso de otra cosa, y quizá ella la había magnificado en su cabeza debido a encontrarse a solas con un hombre prácticamente desconocido y a todas esas nuevas consignas que hablaban de comportamientos, actitudes o comentarios sexistas y que se agrupaban bajo el concepto de micromachismos. Se preguntaba si el hecho de que él le hubiera hablado demasiado cerca, de que le hubiera puesto la mano en el hombro o hubiera frotado la pierna contra la suya eran motivos suficientes para acusarlo de algo. No quería parecer pretenciosa. Además, y eso ya era más difícil de valorar, estaban las potentes imágenes que su cabeza había imaginado esa misma noche: aquel hombre caliente y palpitante rondándola como un perro famélico, y ella agarrándole el brazo y deslizando la mano del vigilante por los contornos de su cuerpo. Intentaba que aquello le provocara aversión para poder huir del sueño, pero ahí seguía, perverso e ineludible.

A aquel hombre no lo quería para nada, pero tal vez el hecho de sentirse sola desde hacía un tiempo se lo ponía delante a modo de ofrecimiento, como un gato que insiste en dejar el ratón muerto ante la puerta de su amo. No sabía si la náusea que sentía era hacia él o hacia sí misma por haber soñado aquello. Si se limitaba a reconstruir la escena real tal y como había sucedido, si pensaba en términos efectivos, si se imaginaba teniendo que relatar los detalles para una denuncia, todo se volvía engorroso y el asunto se desvanecía en medio de una niebla de preocupación difusa. Unos años atrás lo hubiera pasado por alto como una simple molestia, de eso estaba convencida, pero si ahora existía todo un nuevo lenguaje para interpretar ciertos comportamientos, quizá ella estuviera tratando de amoldarse a él. Le parecía que Laura era una persona coherente, que no divagaba; si se lo contaba, tal vez ella la bajaría a la realidad y le advertiría de que nunca se es lo bastante cauta, o bien le confirmaría que estaba exagerando las cosas, que todo era fruto de su imaginación y que se dejase de tonterías.

—Biel va a volver a ser padre.

Laura, sorprendida, echó la cabeza un poco hacia delante y después abrió los ojos como platos.

—Hala... —exclamó con perplejidad.

Joana se dio cuenta de que había soltado la noticia sin ningún motivo aparente, quizá para no hablar del otro asunto; no tenía ningunas ganas de elucubrar sobre un embarazo que no era el suyo ni de entrometerse en las decisiones de los otros. Tampoco esperaba que Laura reaccionase de una forma tan vaga. En aquel asunto del bebé solo quería que alguien le dijera lo que debía sentir. Puso una cara divertida y dejó los ojos en blanco. De pronto le pareció que no podía hacer otra cosa que bromear sobre el tema. Viniendo de Biel, aquel embarazo no dejaba de tener la categoría de una travesura, el aire inocente de una chiquillada. «Un clásico», añadiría Laura después.

—La verdad es que no sé por qué te lo he dicho, perdona.

—Mujer, es bastante importante.

—Para ellos supongo que sí, ¿pero para mí?

No sabía cómo explicarle el matiz de la situación: si bien era cierto que no pasaba nada, seguro que las cosas cambiarían para siempre. Sentía demasiado miedo para admitir lo contrario. Un bebé despierta ternura a raudales. Y la ternura funciona siempre como un aglutinador. Se adhiere a la gente y la mantiene unida a ese soporte de parentescos estrechos que van alejando todo lo demás hasta convertirlo en algo secundario. Se resistía a aceptar que sería apartada, pero tampoco encontraba ninguna alternativa. De pronto, Laura puso una de sus caras animadas, como diciendo: ¿y qué problema hay? A falta de una respuesta, Joana tenía la certeza de necesitar a una amiga como ella para escapar de la gravedad que se había instalado de forma imprevista en su vida. Venía de una etapa plácida, un período de conformidad con su día a día y con los suyos, de plena concentración y pasión por el trabajo. Y de pronto esos nervios que parecían de todo menos pasajeros. Se sentía agobiada, y tenía la sensación de que se aproximaba una especie de inicio de algo que, por mucho que se esforzara en detenerlo, insistía en consolidarse.

—Las lagunas —dijo Laura, y a continuación se llevó el tenedor a la boca y empezó a masticar.

—¿Cómo dices?

—Escúchame bien, Joaneta. Céntrate por un momento en este ejemplo de nuestro trabajo y trasládalo a tu vida, por favor. Las lagunas.

—Pero ¿qué dices, loca? —rio sin comprender.

—Calla y escucha. Hablo de los espacios sin pintura original, de las pérdidas, te has hartado de restaurarlas. También forman parte de la obra, ¿sí o no? Lo que se ha perdido forma parte de tu vida, Joana, estoy de acuerdo con eso. Pero ¿qué hacéis vosotras como restauradoras? Intentáis que esas lagunas no distorsionen la lectura global de la obra, las neutralizáis, ¿verdad? Llenáis las pérdidas con texturas y colores que no distorsionen, básicamente las convertís en zonas neutras. Ha de destacar más la pintura que por suerte se ha conservado, lo que tenemos, lo que ahora tienes, que lo que se ha perdido.

Joana la observaba con actitud indagadora. Pensó en el lugar que Laura ocupaba en su vida. En el lugar que ocupaban los amigos en general. No se refería a la masa de conocidos a los que ya casi nunca frecuentaba, sino a las pocas personas que seguían ahí al cabo de los años. Los diferentes grados de proximidad, confianza o responsabilidades que tenían. Más allá de poder compartir con ella sus preocupaciones más profundas, Laura ocupaba una posición destacada, influía en sus decisiones con su visión de conjunto. Esa seguridad con la que ordenaba el caos deshaciendo cada uno de los nudos con una destreza que ella creía no poseer. Alargó la mano por encima de la mesa y tocó la de Laura. La miró a los ojos sonriendo.

—Eres la mejor, lo sabes, ¿verdad?

—Lo sé —bromeó Laura con una exagerada expresión de orgullo.

Dos mujeres un viernes al mediodía. La virtud de la amistad. El bienestar. Al cabo de unos instantes se estaban riendo de vete a saber qué, echando sus cuerpos hacia atrás y gesticulando con las manos. Inesperadamente, la alegría. A veces era suficiente con eso.

4

Sucedió al día siguiente, a la salida del teatro. En un principio pensó que se trataba de alguien que se le parecía mucho. Como aquella vez que iba conduciendo por la Gran Vía, a la altura de Universidad, y se quedó paralizada en el semáforo. Hubiera jurado que había visto a su padre cruzando el paso de cebra, en medio de la efervescencia del tráfico y de la gente, un soleado martes de mediados de primavera. Estudiantes universitarios, repartidores en bicicleta, autobuses y más de un turista atolondrado. Y ahí estaba él, no tenía ninguna duda, tan real como las alfombras de polen que los plataneros formaban en las aceras. Gentil y entrañable, el hombre que podía ser su padre avanzaba con pasos tambaleantes a un ritmo ajeno a la trepidante escenografía que lo rodeaba. Joana se puso las gafas de sol sobre la cabeza para poder observar mejor su andar distraído, como si pudiera atravesar su espalda con la mirada. No le había visto el rostro entero, pero le parecía que aquella manera de arrastrar un poco los talones, y aquellos brazos caídos como dos pesos a ambos lados de un cuerpo todavía no demasiado encorvado pero ya en declive, solo podían pertenecer a su padre. La camisa de manga corta de un azul cielo lavado muchas veces, y el pantalón un poco demasiado por encima de la cintura. Tenía que ser él. Los otros coches empezaron a alertarla de que el semáforo se había puesto verde. Tardó unos segundos en reaccionar al ruido de las bocinas. Enseguida recordó la promesa que se había hecho de nunca olvidarlo. También recordó el féretro, y entonces murmuró que los muertos no entran en las oficinas de La Caixa, que era adonde se dirigía aquel hombre, y que por tanto no podía ser su padre. Intentó reírse de su propio desvarío mientras levantaba una mano para disculparse con los coches de alrededor, pero lo cierto era que aquella había sido una época de lágrimas y alaridos. Entonces no estaba de humor, y si aparecía alguna chispa, enseguida se accionaba una reacción de antipatía, como la respuesta descarada de un niño maleducado. Ahora bien, lo de esa noche a la salida del teatro fue diferente. No se trataba de ninguna imagen ilusoria, sino de una de esas coincidencias reales que conforman el tejido de nuestras vidas.

La obra la había dejado con una especie de discordia interior. No tanto por el hecho de que no le hubiera entusiasmado como por algo que experimentaba algunas veces cuando iba al teatro: aunque se tratase de una comedia, la proximidad entre los actores y el público le provocaba un nivel de tensión intrínseco a una timidez que, si bien había ido dominando con los años, todavía definía su constitución más íntima. La posibilidad de que alguien interactuase con ella desde el escenario o simplemente los cambios exagerados en la entonación de los actores, las pausas que marcaban el salto de una emoción a otra o las voces que parecían llenar toda la sala hacían que la situación le resultara demasiado invasiva. Nada podía protegerla. Era justo lo contrario de lo que experimentaba en la oscuridad de una sala de cine. Cuando arrancaron los aplausos se sintió aliviada y tomó conciencia de la tensión que había acumulado durante buena parte de la obra. Después se dejó arrastrar por el torrente de cuerpos más o menos satisfechos que caminaban con paso vacilante hacia la salida. Laura recibió una llamada de su casa y le hizo una señal para decirle que enseguida la alcanzaba. Escuchar los comentarios de los otros espectadores sobre la obra que acababan de ver la hacía partícipe involuntaria de un entusiasmo popular que le servía para terminar de conformar su propia opinión. No entendía de teatro, y más allá de si la representación la interpelaba o no, tampoco sabía nunca cómo valorar lo que acababa de ver. Entre el rumor de voces, alguien dijo: «Como pieza me ha parecido divertida, inteligente y feminista, pero ellas sobreactuaban demasiado». Se apropió de la expresión y estructuró mentalmente una frase corta para poder hacer un tuit acompañado de una fotografía, tal vez del folleto del programa. Se detestaba cuando la asaltaba ese tipo de impulso. No tenía ninguna obligación de hacer pública su opinión, y lo cierto es que nadie la esperaba. Fisgoneaba las fotos y las opiniones de los demás en las redes. El uso de todos esos refugios digitales discurría en paralelo a las soledades más tangibles. Se avergonzaba de buscar ahí algún tipo de reconocimiento, no sabía exactamente de qué ni de quién. Pero le prestaba la misma atención que se le presta a un bonsái al que vas podando hasta conseguir guiar sus ramas hacia una versión hecha de deseos y aspiraciones. La verdad se vislumbraba a través de todo lo que no decía ni mostraba: la mortificación de un domingo de verano sin nada que hacer y sin nadie en la ciudad, la hostilidad con que la había tratado una agente de la guardia urbana, el fastidio de tener que tirar sus vaqueros preferidos porque ya no le abrochaban. El desfase entre la realidad y la vida lineal y brillante. Lo correcto. La belleza. Pontificar sobre la serie del momento, sobre una obra de teatro. La serenidad anhelada. Elaboraba otras identidades, en el fondo no necesariamente menos verdaderas, porque en el deseo de quien le gustaría ser también estaba ella misma. Había entendido la lógica de aquellos espacios virtuales y procuraba no extenderla a sus relaciones. Desde hacía un tiempo contaba hasta diez antes de publicar algo. Había muchas más cosas que decir y experimentar fuera de aquellas falsas comunidades, pero lo cierto es que no lo parecía. Empezó a escribir el comentario en el móvil, pero se apresuró a borrarlo y chasqueó la lengua. Finalmente decidió que no escribiría nada y lo celebró como una pequeña victoria. Laura seguía hablando por teléfono y levantó la mano para hacerle saber que la tenía localizada. Sus hijos, por lo menos el pequeño, estaban ese fin de semana con Biel, así que una vez en el vestíbulo se quedó mirando hacia todas partes esperando a que pasara aquel momento. Era sábado y en el ambiente se respiraba ligereza y distensión; una coreografía amable que anulaba el inflexible ritmo de los días laborables. Le parecía que todo el mundo estaba extremadamente feliz.

Fue entonces cuando pasó, al alejarse del vestíbulo con el gentío dispersándose en todas direcciones. Fuera soplaba una suave brisa que la obligó a colocarse el pelo detrás de las orejas. La silueta esbelta de Joana contrastaba con la fachada principal del Teatre Nacional, concebido como un templo griego clásico de cristal. Mientras bajaba la escalinata de acceso, de repente lo vio. Estaba de pie, junto a la última palmera de la hilera que decoraba los escalones. A ella le gustaban más los espacios pequeños, donde se sentía más protegida, pero en aquel momento agradeció el tamaño del teatro, rodeado de palmeras y olivos. Las dimensiones y la gran extensión que la separaban de donde él se encontraba le concedían un margen de tiempo para poder asumir el reconocimiento gradual, asegurarse de que fuera Mateu y reaccionar de una manera adecuada. Qué extraña resultaba la posibilidad de que fuera él.

Cuando lo vio, tras el primer sobresalto, sintió una alegría temerosa. Después se vio frenada por una sensación de imposibilidad. Era por su aspecto solitario, el de alguien con un gigantesco mundo interior que, según cómo, incluso te hacía recular un poco. Y ahí estaba la gorra. Primero se había fijado en la gorra y, a continuación, lo había reconocido a él. Solo lo había visto sin gorra las dos veces que se habían acostado en Tokio y en el primer momento, a la salida del museo donde se habían conocido. No podía creer que fuera él. Vivía muy lejos de allí, y tras conocerlo en Japón, se había convertido en alguien a quien solo podía seguir a través de su faceta pública. Había sido un episodio agradable, un recuerdo perfecto que dejó atrás. Siempre que pensaba en aquello, la ciudad japonesa se le aparecía envuelta en la textura de un sueño. Cómo era posible que ahora estuviera allí, en esa Barcelona pequeña que podía reconocer con los ojos cerrados, una ciudad de barrios revitalizados por las transformaciones urbanísticas y llena de elementos decorativos que conformaban el escenario sobre el que transcurría la acción dramática de Joana y su vida: los chicos, las lavadoras, la panadería, los cumpleaños de los que seguían vivos y las efemérides de los que ya no, las reuniones en el museo, el papeleo, el fontanero, la custodia compartida, las fiestas locales, las grandes avenidas sobrevoladas de vez en cuando por helicópteros, los puentes y las operaciones salida, el coche en el taller, las exposiciones temporales, el supermercado, los profesores de refuerzo de sus hijos, las palomas en las plazas, los partidos del domingo por la mañana, la peluquería, los álbumes familiares, la piscina. Esa familiaridad chocaba frontalmente con la visión de alguien tan singular como aquel hombre que en su día había saciado su necesidad universal de ser una persona distinta. Pensaba que ya nunca más volvería a verlo. Encontrárselo a los pies de la escalinata trastocó la rotundidad con la que se habían dicho adiós. ¿Y si ahora vivía aquí? Hasta donde ella sabía, residía en Ghent, una pequeña localidad del estado de Nueva York, en el condado de Columbia. Desde la gran ciudad, se llegaba en poco más de dos horas de tren, le dijo él. «Si algún día vienes, me encontrarás seguro. Pregunta por mí. Me llaman Mat. Es fácil, vivo en una casa pintada de amarillo y juraría que soy el único catalán en muchos kilómetros.» Era lo más parecido a una promesa que se habían hecho. Seguía su perfil profesional en las redes, y aunque ya hacía tiempo que no le prestaba demasiada atención, nada le hacía pensar que Mateu hubiera dejado Estados Unidos. Empezó a bajar las escaleras con estupefacción. No tenía ni la más remota idea de lo que le diría. Él miraba el reloj y después hacia la calle. Quizá esperaba a alguien. Pero no a ella. El sonido de su voz grabado en la memoria, sus expresiones faciales, el calor de su cuerpo. Habían convivido durante las tardes y las noches de tres días extraños y sabían muy poco el uno del otro. Tan solo lo que se dice en habitaciones de hoteles matizadas por la calidez de una moqueta impecable aspirada cada mañana. Recordaba esa habitación como un santuario. El kimono, el pijama. El nerviosismo y la emoción. Las risas. La ciudad y ese hombre le habían hecho saber que ella todavía emanaba magnetismo, que si se aventuraba podía funcionar con el mismo ímpetu que años atrás. El distanciamiento de todo lo que era ordinario fue hermoso y perverso por todo el engaño que contenía. Era real, pero no era posible. Poseía la perfección de los artificios. Un suvenir de la ciudad japonesa. Estaba convencida de que un regalo como aquel solo se concedía una vez en la vida, pero de pronto volvía a encontrarse a pocos metros de él, de ese hombre al que desde entonces solo había podido recordar envuelto en una nebulosa.

Lo observó con detenimiento mientras avanzaba en su dirección. No quería equivocarse. La gorra le sombreaba el rostro y le otorgaba un aire misterioso; no verlo bien hacía que se sintiera confusa. ¿Y si era alguien que solo se le parecía? Luego, de repente, él aceleró el paso hacia un grupo de hombres y mujeres que se acercaron y le saludaron efusivamente. Pudo entrever su sonrisa. Solo entonces estuvo segura de que era él. Se abrazaba a las mujeres y los hombres del grupo, intercambiando con algunos contundentes golpes en el hombro. Corrió tras él, manteniendo cierta distancia. No encontraba el momento de llamarlo, de decir su nombre en voz alta. Aquel nombre, madre mía. ¿Cuánto tiempo había pasado? «Mateu.» Le había tendido la mano para presentarse en la cafetería del Museo Nacional de Arte Occidental de Tokio, un enero helado de hacía un montón de años. Tendría que gritar o no la oiría. Nerviosa, se frotó ligeramente el corazón para calmarse. Luego lanzó un conato de grito, pero no lo suficientemente fuerte como para que él la oyera. Entonces el hombre de la gorra y sus acompañantes aceleraron el paso y se detuvieron ante dos coches. A ella le sobrevino una especie de impedimento, de timidez. No se atrevía a irrumpir en el grupo; pensaba que podía provocarle la misma impresión que ella estaba experimentando, y que tal vez lo pondría en un compromiso en medio de toda aquella gente. Fingió hablar por teléfono medio escondida detrás de un árbol. No había nadie a su alrededor, y de hecho se sintió bastante ridícula, pero no se le ocurrió otra manera de mantenerse cerca del grupo sin parecer una espontánea que, a pocos metros de distancia, no les quitaba ojo. ¿Qué hubiera hecho él si la hubiera visto allí plantada como un pasmarote? Los amigos de Mateu daban indicaciones de horas y nombres gesticulando con entusiasmo. Podía escuchar claramente alguna carcajada, y ver de refilón cómo él sonreía, aunque de forma contenida. Joana atrapaba palabras al vuelo, le pareció que alguien decía que los otros los esperaban en el hotel Casa Fuster. En pocos segundos se repartieron en dos coches y se pusieron en marcha. Observó cómo los dos coches se alejaban. Allí de pie, toda ella vibraba de energía, pero al mismo tiempo se había quedado paralizada sin saber qué hacer. En lo alto del cielo, en un despliegue repleto de simbolismo, la luna blanca y resplandeciente inauguraba la última parte del día.

—¡Joana! ¡Chica, que no te encontraba! Estaba a punto de irme. ¿Es que no oías el móvil?

Se giró bruscamente. Laura se le apareció como alguien totalmente incompatible con aquella situación. Hablaba por los codos. Necesitó unos segundos para asimilar su presencia. Le mintió. Le dijo embrolladamente que se había despistado mientras la esperaba y que se había ido alejando hasta allí. Su amiga la miró de una forma un tanto peculiar, pero eso a ella ya no le importaba demasiado. De pronto, le daba igual todo lo que ella o cualquier otra persona pudiera pensar. Paró un taxi y agarró a Laura de la manga.

—Acabo de ver un fantasma —le dijo una vez sentadas en el asiento trasero y tras indicar al taxista que se dirigiera al hotel Casa Fuster. Luego rio nerviosa.

Laura estaba perpleja ante el comportamiento de Joana. La había arrastrado allí dentro casi a la fuerza y le había prometido que le contaría todo en cuanto llegaran.

Subieron a la terraza del hotel, pero él no estaba. Había un grupo formado por dos parejas. Nadie más. Joana se vio invadida por una sensación de derrota muy parecida a la que había sentido aquella vez que, convencida de que Biel le había preparado una fiesta sorpresa con todos sus amigos por su cuarenta cumpleaños, llegó a casa disimulando la emoción y coquetamente maquillada y se encontró con que solo estaban él y los niños esperándola con la rutina habitual de un martes por la noche cualquiera. Lo celebraron con los padres de él yendo a comer a un restaurante el domingo siguiente. La desilusión, la vanidad completamente derrumbada.

—¿Vas a decirme qué estamos haciendo aquí? ¿Tu fantasma se ha esfumado?

—He visto a alguien de lejos, un hombre al que hacía mucho tiempo que no veía, y pensaba que estaría aquí. —Se enderezó y fingió normalidad. Se maldecía por no haberle dicho nada cuando lo había visto al pie de la escalinata—. Me ha parecido oír que la gente que le acompañaba hablaba de este hotel y he dado por sentado que venían hacia aquí. Al parecer estaba equivocada. Nada. Da igual. Lo siento, en serio.

—¿Pero quién es? —preguntó Laura con desenvoltura.

Joana dudó un momento. Intentaba medir muy bien sus palabras. No sabía si tenía ganas de hablar con Laura de lo suyo con Mateu. Finalmente, tras una pequeña pausa, le dijo a qué se dedicaba. Compositor y escultor. Tampoco es que supiera muchos detalles, pero era conocido como compositor y la escultura había venido después, como algo más secundario, aunque no le iba nada mal. Hasta donde ella sabía, aquí no era demasiado conocido, pero estaba muy bien establecido en Estados Unidos. Había expuesto en más de una veintena de exposiciones individuales por todo el mundo. Llenaba salas con los conciertos de piano. Cuando le dijo a Laura cómo se llamaba y se oyó decir su nombre en voz alta sintió una punzada de nostalgia, añoranza y excitación. Era un nombre que solo había pronunciado en presencia de él. Nunca había hablado de ello con nadie. Nunca le había salido hacerlo. Tenía que ver con la necesidad de preservar intacto su recuerdo. Lo había encontrado en Spotify y había estado escuchando sus melodías en bucle durante las semanas siguientes al viaje. En Instagram solo tenía un perfil profesional, y durante un tiempo, después de Tokio, Joana revisaba cada publicación como si a través de una composición musical o de una pieza nueva de escultura pudiera extraer alguna pista que le demostrara que también ella había dejado una huella significativa en su vida.

Laura se encogió de hombros. Aquel nombre no le sonaba de nada.

—¿Pero tú de qué lo conoces? ¿De Bellas Artes?

Habría podido mentir y decirle «Sí, eso mismo»,

pero había sido demasiado lenta a la hora de reaccionar y, en cambio, enseguida se le había dibujado una expresión soñadora en el rostro: la viva imagen de quien viaja atrás en el tiempo.

—¡Ah, amiga...! ¡Ahora lo entiendo!

Joana murmuró algo que intentaba expresar la conformidad con lo que Laura había deducido. No tenía ganas de chismorrear de aquello. Ya no eran dos adolescentes alocadas, y confiaba en que Laura no insistiera en el asunto si ella no le daba pie a seguir por ese camino. No quería ser reduccionista y que Laura se quedara solo con el aspecto sexual de aquella relación, si es que se podía llamar relación a pasar tres días con alguien. Y con respecto a hablarle de todo lo demás, bueno, el caso es que creía que los matices eran demasiado importantes y que nadie podría entenderlos. Para Joana, conocer hombres, reconectar con la intimidad de alguien que no fuera Biel después de la separación, era una tarea ardua en una época de conectividad constante en la que relacionarse con alguien nuevo excluía lo inesperado, lo palpable y lo casual. No le había salido bien las dos veces que lo había intentado. Se sentía completamente fuera de lugar. Todos esos criterios y patrones habituales en los hombres de más de cuarenta y cinco años: «profesional de carrera consolidada», «vida ordenada», «amante del aire libre y la vida saludable», «viajero, independiente, busco química y diversión sin compromiso». Los veía y se veía a sí misma como una mercadería. Era incapaz de normalizar la superficialidad de todo aquello, por otra parte tan premeditado. De hecho, empezaba a pensar que lo fortuito había dejado de existir. Quizá por eso había querido preservar el recuerdo de Mateu con cierto secretismo. Estaban las cosas que podían ser contadas sin que perdieran su sentido original, cosas que una contaba como quería y que satisfacían tanto a quien las decía como a quien las escuchaba, y después estaban esas otras vivencias que no se podían contar sin quedar reducidas a un simulacro de algo excepcional. Los días puros y los sentimientos a flor de piel siempre son incomunicables. Como cuando a un escritor le preguntan de qué va su nueva novela y, después de resumirla en dos frases, le parece ridícula y banal. Tokio, cinco años atrás, había sido una de esas cosas que era mejor envolver en silencio.

—Fue después de separarme de Biel. Nada. Una tontería sin importancia que no duró ni una semana.

—Pero te hubiera hecho ilusión poder saludarlo, ¿no? Le has enviado un mensaje, supongo...

—No.

—¡Envíale un mensaje ahora mismo, no seas tonta!

—No tengo su teléfono. Nunca nos los llegamos a dar.

—No puedo creerlo, Joana.

Laura puso los ojos en blanco y la agarró de las muñecas para sacudirla.

—Da igual. Si no está aquí, posiblemente es que no teníamos que volver a encontrarnos.

Tomó aire y contempló la vista panorámica agarrada a la balaustrada de piedra que rodeaba el mirador de la terraza. No se creía del todo lo que acababa de decir. Que se hubieran visto solo en un lugar tan remoto como Tokio, lejos de la casa de ambos, y que ya no hubiesen vuelto a tener ningún contacto convertía la coincidencia de hoy en algo como mínimo extraordinario. No podía creerse que lo hubiera dejado pasar como quien pierde el autobús. El paseo de Gràcia se extendía un poco más allá, delimitado por las luces de las farolas y los pocos coches que circulaban a aquellas horas. Resultaba relajante dejar que la vista se expandiese por la avenida sin ningún obstáculo que la entorpeciese. Se conformó con pensar que al menos aquella noche, en algún rincón de la ciudad, estaba Mateu rodeado de amigos.

Salieron del hotel y le dieron las buenas noches al empleado que les abrió la puerta, un joven uniformado con una chaqueta corta negra de botones dorados y un bonete de tela del mismo color. Después, al doblar la esquina, comentarían entre burlas que el uniforme era algo impostado, una cosa anacrónica e innecesaria. Laura pasó un brazo por encima del hombro de Joana y la sacudió un poco mientras se adentraban por las callejuelas de Gràcia.

—Joaneta, anímate, ¡va, mujer! Quién sabe..., quizá lo vuelvas a encontrar.

Eran dos figuras femeninas caminando por las calles estrechas. Un hombre paseaba el perro. Los pasos resonaban sobre los adoquines. Desde alguna ventana alguien las observaba. Siempre hay quien vigila a los demás, por puro fisgoneo o por razones más oscuras. Hablaban de alargar un poco más la noche picoteando algo por el barrio y después compartir el taxi de vuelta a casa. Estaban cansadas y las dos apreciaban cada vez más las horas de sueño. Había pequeños insectos revoloteando bajo la luz de las farolas. Sus voces se fueron alejando hasta hacerse inaudibles. Mientras, frente al hotel donde habían estado hacía tan solo unos minutos, el mismo chico con uniforme que les había abierto la puerta al salir la volvía a abrir de nuevo para dar la bienvenida a un numeroso grupo de personas. Formaban un barullo alegre. Les había costado encontrar aparcamiento porque habían venido en dos coches, y una vez lograda la hazaña casi imposible de aparcar un sábado por la noche, al fin se disponían a relajarse y ponerse al día entre ellos, sobre todo con el hombre que llevaba gorra y que vivía en Estados Unidos. Hacía tiempo que no pisaba su ciudad. La imagen de Joana le había venido a la cabeza en cuanto había aterrizado en Barcelona. Un recuerdo inesperado que le suscitó al instante una emoción muy poderosa. De hecho, había pensado en ella en el mismo instante en que había sabido que tendría que pasar algunas semanas en Cataluña. «¿Mañana a la misma hora y en el mismo sitio?» Habían funcionado con aquella consigna como parte de la particularidad de aquel breve juego de emociones que compartieron en Tokio. No intercambiaron los teléfonos. Les había ido bien así, como si se tratara de un regalo espléndido que ninguno de los dos esperaba. Aún en el aeropuerto, mientras aguardaba ante la cinta de equipaje a que saliera su maleta, la recordó de nuevo; recordó en concreto una facultad que había descubierto con ella: la de sentir y percibir todos los matices que cabían en la posibilidad de conocer a alguien nuevo de la manera en que la había conocido a ella. Recordó su amabilidad y que era una gran conversadora. Y su piel. Nunca se puede olvidar el tacto de una piel nueva como la de Joana. No había hablado con nadie de lo de Tokio. Sí que había hecho una pequeña pieza escultórica de resina, hierro y polvo de bronce. Una forma abstracta, bella y ovalada que recogía la autosuficiencia que ella mostraba y, no obstante, también la fragilidad que se le intuía. La incluyó en la colección bajo el nombre de *Tokio*. Nunca llegó a ponerla a la venta. Hacía mucho tiempo de todo aquello. Esa noche, en Barcelona, solo era alguien que trataba de olvidar un episodio personal delicado y que buscaba, en el calor de los amigos, algo que resultaba difícil de encontrar: el equilibrio.

5

Por muchas otras que vinieran, ella siempre la recordaría así: la guerra de los niños. Tras un ataque sorpresa lanzado por Hamás, el conflicto entre Israel y Palestina había escalado de forma dramática e Israel había declarado el estado de guerra, iniciando una serie de bombardeos sobre Gaza. Horrorizada, Joana ampliaba las fotos. Llegaban a centenares minuto tras minuto. Con las pantallas encendidas, hacía lo que hacíamos todos, desplazar las imágenes arriba y abajo. Apenas leíamos los titulares. Era octubre y, cuando fuera caía la oscuridad, las imágenes se reflejaban azuladas en los millones de cristales de las gafas, en las ventanas de los pisos y las oficinas. Cambiaban los husos horarios y ahora las veíamos unos y al cabo de unas horas las veían otros. Nos obsesionaba hasta qué punto algunos detalles manifiestos las hacían terribles. Las bocas diminutas que habían quedado entreabiertas, el pequeño tamaño de los cadáveres amortajados con sábanas blancas sostenidos por los brazos de las madres ya para siempre rotas. No sabíamos qué hacer con aquello. Preparábamos los desayunos de nuestros hijos, seguíamos compartiendo raciones de patatas bravas con los amigos en las terrazas, nos acicalábamos en las noches de celebración, nos quejábamos de que la presencia de los mosquitos se prolongara por culpa del ambiente cálido, y alguien vendía una colección antigua de vinilos por Wallapop. Lo que ocurría en el mundo se cargaba sobre nuestros hombros con el mismo peso que siente el adolescente malhumorado al que acaban de regañar por un comportamiento poco adecuado. Era un peso intermitente que dejaba espacio para todo lo demás. Para todo eso que estaba hecho de otra realidad. Algunos se manifestaban. No éramos capaces de mucho más.

El mensaje de Biel llegó coincidiendo con el informativo de las ocho de la mañana, en medio de aquella guerra eterna y lejana, cuando ella salía de la ducha. Joana no se alteró cuando lo leyó. Le pedía que lo llamase, que quería comentarle una cosa. *Una cosa* de Biel era un concepto que nunca tenía nada de excepcional: cambiar un fin de semana de los niños, algún partido de fútbol, una reunión escolar, una visita al dentista. No quería parecer indiferente, pero tenía que darse prisa en secarse el pelo y maquillarse un poco para no llegar tarde al trabajo. Se distrajo un buen rato frente al espejo comprobando con desesperación que sus facciones estaban tirando la toalla, parecían empezar a rendirse al paso del tiempo. El cansancio en el rostro, la preocupación instalada en las líneas de la frente. Entre el batiburrillo de pensamientos, apareció uno de forma fugaz: de haber podido hablar con él, ¿Mateu la habría notado cambiada, después de aquellos años? Tenía cuarenta y pocos cuando lo había conocido en Tokio, y no recordaba que entonces la conciencia de su madurez física fuese la de ahora. Volvió a visualizarlo al final de la escalera del teatro, casi como una aparición, y sintió una sacudida de rabia en su interior. ¿Por qué no había gritado su nombre más fuerte antes de que él se subiera al coche? ¿Por qué no se habían dado los teléfonos en Japón? Esa decisión que en su día había pensado que la distinguía de algún modo —no parecer insistente, darse un cierto aire enigmático— y que iba acompañado de la vaga esperanza de que él, si alguna vez lo necesitaba, podría encontrarla a través de las redes sociales, le parecía ahora un error monumental, pero entonces los dos habían entendido su encuentro como algo pasajero, sin ninguna expectativa de continuidad, y les parecía que el otro habría vivido la experiencia como un momento aislado y que no sentirían la necesidad de mantener el contacto.

De camino hacia el trabajo, el autobús iba muy lleno y resultaba angustioso sentir aquellos cuerpos ajenos tan cerca. Alguien que resoplaba, un estornudo, la rabieta de una niña que se negaba a quedarse sentada en el cochecito. La sensación de que, de un momento a otro, alguien le metería la mano en el bolso y le robaría el monedero. Se dijo que quizá podría coger el coche al menos dos días a la semana, como mínimo los lunes. Pero hacía demasiado poco que se había propuesto intentar vivir de una forma más sostenible. Sabía que el mundo se marchitaría igual por mucho que ella fuera en autobús. Tal vez era una forma de hacer algo por el miedo, más que por el planeta. Los hijos se burlaban de ella porque se pasaba el día quejándose de los horarios del autobús y corriendo de arriba abajo. Nadie había dicho que sostenible fuera sinónimo de cómodo, y si quería dar ejemplo debía mantener su compromiso, aunque la combinación hasta el trabajo no fuera precisamente un camino de rosas. Se acordó de que tenía que llamar a Biel, pero se sentía observada y le incomodaba hablar en voz alta rodeada de desconocidos. Y después, cuando llegó al museo, enseguida se dejó arrastrar por la efervescencia y el ambiente profesional que se respiraba en su departamento. Los inicios de curso eran siempre muy movidos, una época de trabajo constante, y con el proyecto del románico había siempre novedades de última hora que debían atenderse sin demora. Se encontraban en la fase final de un proceso de investigación que había sido largo y con muchas personas implicadas. Eran un equipo paciente y metódico, y todos eran conscientes de su responsabilidad. Después de años de tomar muestras de los pigmentos para realizar estudios detallados, de pequeñas intervenciones y restauraciones, y de un gran trabajo de documentación, Joana sentía mucha admiración por todos ellos. Todo el equipo se había visto sometido a una presión considerable, pero también habían compartido momentos de auténtica emoción. Con el nuevo cargo hacía muchísimas tareas de gestión y lo coordinaba todo, pero ya no tocaba tanto las obras. Echaba mucho de menos restaurar. Añoraba la posibilidad de contemplar a diario una pintura desde una distancia tan cercana, retirar los primeros estratos de suciedad superficial, eliminar los restos de reintegraciones que se habían hecho más tarde, a veces con pigmentos al barniz o residuos de las colas de arrancamiento de las pinturas; quitar capas de tiempo a las obras era incluso una forma de llegar a entender las intenciones de quien las había realizado. Le entusiasmaba. Era como llevar a cabo el proceso creativo pero a la inversa. Si ponía bajo el microscopio una muestra de pintura de color azul cielo del Greco, por ejemplo, podía llegar a ver cómo el artista ponía primero el blanco y después el azul marino y lo mezclaba al instante sobre la tela. Entendía el carácter impulsivo del artista, su forma de improvisar. Si en cambio analizaba una muestra de pintura del mismo Greco, pero de cuando ya era muy famoso y tenía a su disposición todo un taller con ayudantes que pintaban para él, el mismo color azul celeste era uniforme bajo el microscopio, era un azul cielo hecho antes de aplicarlo a la tela, no se distinguían las pinceladas de los dos tonos utilizados. Resultaba difícil describir la satisfacción que sentía con aquellos hallazgos. No obstante, lo que más le emocionaba era la experiencia táctil con el material, poner las manos entrenadas sobre fragmentos tan antiguos para comprobar si habían quedado bien adheridos, fotografiar, tomar medidas, cerrar y nivelar las pequeñas lagunas, sentir sus manos sobre lo que restauraba empleando el mismo cuidado meticuloso con el que se había ocupado de sus hijos: limpiando los arañazos con agua oxigenada, aplicando un algodón impregnado de manzanilla sobre el ojo hinchado, poniendo mercromina para los rasguños de las rodillas o pomada sobre una pequeña llaga de la boca.

Procuraba estar cerca de los talleres de restauración tanto como podía. Unos meses atrás, a principios de verano, habían incorporado la figura de Caín a su lugar de origen, en el ábside de Sant Climent de Taüll. Hasta entonces, la pintura había sido expuesta de forma individual con un marco en la misma sala porque tiempo atrás no estaba del todo claro qué representaba ni cuál era exactamente su ubicación original. Cuando el equipo de restauradores terminó la laboriosa tarea de incorporar el fragmento a la pared, le entregaron a Joana un casco y un arnés naranja y la invitaron a subir a lo alto del andamio, que cubría toda la altura del conjunto mural. Al encontrarse delante del fragmento y quedarse cara a cara con el personaje de Caín, el hombre barbudo con la cabeza apoyada sobre el brazo y la expresión compungida y llorosa, no pudo evitar emocionarse. La incorporación de este fragmento enriquecía mucho el conjunto y facilitaba nuevas interpretaciones, tanto simbólicas como también de carácter técnico. Los análisis químicos de Laura habían permitido descubrir que la paleta pictórica del maestro de Taüll era mucho más amplia de lo que se pensaba hasta entonces. No solo había blanco, negro, azul, rojo y amarillo; resultaba que, en realidad, las pinturas tenían hasta cuatro rojos distintos y dos ocres. Era fascinante saber que el maestro trabajaba con capas, que mezclaba colores y buscaba matices y volúmenes, que quería gustar y adquirir notabilidad como todos lo queremos. El arte románico era mucho más complejo y plural de lo que se había creído durante mucho tiempo. Joana entendía que a menudo se cuestionaran los museos públicos, todo lo que decidían mostrar, conservar, comprar... Desde fuera, siempre se observaba con recelo todo lo relacionado con la burocracia, pero también esperaba que el público tuviera la voluntad de hacérselo suyo, que ayudaran a bajar el arte del pedestal en el que a veces parecía estar expuesto. Que quisieran entender y resignificar el arte desde la carga personal de cada uno, con sus propios ojos; que tuvieran su propia reacción y no dejaran que los demás les dijeran lo que debían sentir; que olvidaran la teoría y se fijaran en lo que a ella tanto le obsesionaba y que tenía que ver con los vínculos de los procesos creativos con la naturaleza humana, y por tanto también con el momento presente: la angustia, el miedo, el sufrimiento, todo estaba allí; también la belleza. Era consciente de que la mayoría de la gente tenía una vida que vivir, que casi nadie invertía tiempo en pensar en el arte. Resultaba difícil romper esa frontera, convencer a la gente de que muy a menudo el arte transmitía lo más tangible, el entorno vital de quien lo observaba.

Al mediodía se dio cuenta de que, además del mensaje de primera hora, tenía dos llamadas perdidas de Biel y finalmente aprovechó una pausa en una reunión con el jefe de comunicación para retirarse un momento a la Sala Oval, estirar las piernas y llamarlo.

—Hey, Biel, ¿pasa algo?

Su exmarido bromeó sobre la calma con que ella se había tomado la molestia de devolverle finalmente las llamadas y, cuando Joana intentó disculparse, empezaron a pisarse las palabras sin que ninguno de los dos pudiera completar ninguna frase con sentido. Era algo que solía ocurrir cuando iban con demasiado cuidado con sus impulsos. Se imponía entonces un exceso de formalismo que hacía que se olvidaran de que durante décadas lo habían compartido absolutamente todo.

—Tengo que hablarte de algo, pero no sé si hacerlo por teléfono es lo más adecuado.

—Venga, Biel, no seas impertinente. ¿Qué quieres?

—Te lo digo en serio, Joana. ¿Te iría bien quedar esta noche cuando te lleve a los niños? Bajas un momento y hablamos, aunque sea dentro del coche. ¿Qué te parece?

Era intuitiva y sintió una pequeña punzada. También era orgullosa y no quiso mostrarle que ya anticipaba la grieta.

—De acuerdo. Hablamos después. Debo dejarte, Biel. Tengo muchísimo trabajo.

Colgó cuando él todavía se estaba despidiendo. Después tomó aire para huir de la sensación de fracaso provisional, pero la sombra de la anticipación ya se cernía sobre ella. El tono de Biel la había puesto en alerta y de un humor enrarecido. Se veía incapaz de volver enseguida con el resto del equipo. Necesitaba que le diera el aire un instante, lejos de todo el mundo. Fue a buscar el ascensor para subir a las terrazas-mirador del último piso. Los lunes, el museo estaba cerrado al público y en las terrazas no había nadie. Desde hacía unos días, apenas como un recuerdo de lo que había sido el otoño hasta hacía unos años, las temperaturas habían bajado un poco por debajo de lo normal para la época y tuvo que subirse el cuello de la camisa para protegerse del frío repentino. La naturaleza proporcionaba todavía aquellas píldoras de normalidad. La sensación de percibir el otoño la reconfortó.

La vista panorámica, la soledad y el privilegio del lugar le hicieron pensar en un espacio destinado a la oración, y asomada a la fachada marítima, con la vista fija en la ciudad abierta al mar, se le ocurrió que el horizonte era un buen lugar al que dirigir las súplicas. Se oía el eco de una sirena lejana y el rugido opaco de la agitación de la ciudad al fondo. Imploró a la fina línea azul que separaba el mar del cielo que, fuera lo que fuera lo que Biel tenía que decirle, no se tratara de nada malo.

Alguien tosió a sus espaldas. Se giró de golpe y se encontró con el vigilante apoyado en un murete junto a las macetas de lavanda. Joana no pudo evitar un estremecimiento y se llevó la mano al pecho.

—Tranquila, solo he salido a fumar un cigarrillo.

Se le acercó y le ofreció uno mostrándole la cajetilla abierta. Ella lo rechazó deteniéndolo con la mano y negando con la cabeza. Las mejillas le ardían.

—¡Puto viento! —Marc agitó el mechero y volvió a intentar encender el cigarrillo ahuecando la mano para protegerlo de la brisa. Cuando lo logró, dio una calada y soltó el humo de golpe—. No se puede acceder a las terrazas cuando el museo no está abierto al público, Joana.

—Pero la puerta estaba abierta —contestó seca y miedosa. Le inquietaba mucho la forma en que él la llamaba por su nombre.

—No pasa nada, no te preocupes. Estaba bromeando. Se está bien aquí arriba. Las cosas parecen menos complicadas cuando el follón queda a lo lejos.

Marc dirigió su atención a las vistas. Ella lo miró de reojo y pensó en las cámaras de seguridad. Procuró relajarse. Llevaba el pelo con la raya al lado. Aquel peinado le endulzaba la fisonomía y le otorgaba un aire bondadoso que no le había visto la otra vez. Las facciones poco agraciadas, la nariz ligeramente torcida, los labios carnosos y las cejas pobladas hacían que conservara el toque alarmante y al mismo tiempo magnético. Le pareció que tenía un rostro versátil, como el de esos actores que empiezan haciendo papeles de feos y malvados, y con el tiempo la industria acaba convirtiéndolos en iconos de belleza y sensualidad.

—Es alucinante todo lo que están haciendo en el románico. Vengo de las salas. Tus compañeros son unos *cracks*.

—Sí que lo son. Son los mejores. Están haciendo un trabajo excelente.

—Y tú también. No te quites méritos. —Volvió a toser. Esta vez más fuerte, expulsando el aire con violencia. Se dio unas palmaditas en el pecho con el puño cerrado y se echó a reír con los ojos rojos y lagrimosos por la tos—. Estoy acabado. Te aseguro que están mejor conservados los frescos del románico que yo.

A ella se le escapó la risa. Se cruzaron la mirada

un segundo aún con las sonrisas en el rostro. Joana volvió a percibir el olor dulzón del desodorante y de inmediato notó una punzada en el estómago.

—Tengo que volver —dijo precipitadamente y colocándose con un gesto nervioso el pelo detrás de las orejas.

Marc la detuvo agarrándola del codo.

—No muerdo, Joana.

Su actitud no era despreocupada. Había una intención en esos ojos pequeños y astutos que la miraban, como si pusieran en perspectiva el acercamiento del otro día. Y entonces ella se sintió atrapada. Estuvo a punto de agarrar su brazo y darle un mordisco cerca de la muñeca. Pero hubiera sido un reflejo de cómo quería verla él, más que de cómo era ella. Sentía la necesidad de castigarlo por haberla descolocado de aquel modo ambiguo, por haberle estropeado la seguridad y la calma dentro de su propio espacio de trabajo, y por un detalle no menor: no ser el tipo de hombre con el que ella estaría dispuesta a compartir un poco de vida. Aquel hombre representaba una ofensa no sabía muy bien a qué, tal vez a su integridad. La idea de castigo se fue abriendo paso hasta su cabeza y de alguna forma se quedó allí. Él la miraba esperando algo. Salió de la terraza a toda prisa. Fue incapaz de esperar el ascensor por miedo a que él la siguiera, o tal vez por miedo a quedarse sola consigo misma, y bajó los cuatro o cinco pisos por las escaleras. Deshizo el trayecto que había recorrido y, ya dentro de la Sala Oval, tan inmensa y vacía de visitantes, sus pasos resonaron combativos. Deberíais haberla visto nadar unas horas más tarde. Nadaba de espaldas con una ligereza difusa en las piernas, con un nervio eléctrico que le venía de la mente, pero no podía concentrarse, perdió el ritmo de la respiración y le entró agua por las fosas nasales. Se detuvo un momento para agarrarse a la corchera. Quería desesperadamente borrar el día entero, salir corriendo y huir: apelar a lo más salvaje.

Por la noche esperó apoyada en el mármol de la cocina a que Biel la avisara cuando estuviera abajo. Había oscurecido y no dejaba de mirar el reloj del microondas mientras se distraía toqueteándose las cutículas de una mano. Tenía la mesa puesta para sus hijos. Los platos tapados para mantenerlos calientes. Dobló un trapo de cocina y volvió a desdoblarlo. Lo dobló de nuevo. Alisó las puntas, colocó en su sitio un jarrón que ya estaba en su sitio. Y de repente sonó el timbre. Cogió las llaves y salió al instante, y de nuevo sin esperar al ascensor corrió escaleras abajo. Luego, en la portería, se detuvo, enderezó su cuerpo y se colocó bien el pelo. Tomó aire antes de girar el pomo de la puerta para abrirla. El coche estaba aparcado sobre la acera con los intermitentes puestos. Uno de los hijos besaba a su padre a través de la ventanilla bajada mientras el otro sacaba la mochila del maletero. Se acercó al coche con las manos en los bolsillos. Los dos pasaron junto a ella. Tenías que cazarlos para poderles dar un beso. Hacía cuatro días que no los veía. Percibió en su interior aquel sentimiento legítimo, esa pequeña exaltación al reencontrarlos, ya tan mayores, tan guapos, tan suyos.

—Mamá, me estoy muriendo de hambre. ¿Qué hay para cenar?

—Lo tenéis preparado en la mesa de la cocina. Subo enseguida, que he de hablar con vuestro padre. ¿Tienes llaves?

El mayor asintió y entró en la portería con cara de circunstancias. Siempre daba la impresión de que el mundo les debía una.

—¿Mañana podrán venir Sergi y Òscar a jugar una partida en la Play? No tenemos exámenes, mamá, y hoy he tenido tutoría y la profe me ha dicho que voy así de bien —dijo el pequeño haciendo un gesto con la mano que pretendía imitar a un avión despegando.

—Ahora subo y lo hablamos.

—¡Pero si no tenemos nada, no tengo exámenes! ¿Les puedo decir que sí?

Antes de que ella pudiera responderle, Biel le llamó la atención a su hijo desde dentro del coche. Tenía un brazo apoyado sobre el volante y el torso inclinado hacia delante, y con el otro brazo gesticulaba indicándole que no fuera tan pesado, «¡por el amor de Dios!».

—Subo enseguida y lo hablamos. Empieza a cenar, ¿vale?

Joana le dio un beso en el pelo, pero él se escabulló malhumorado.

—Cenar, comer, hacer deberes. No tenéis ni idea de lo que es importante.

Entró y cerró de un portazo. Ella se acercó a la ventanilla del coche encogiéndose de hombros.

—¿Qué le pasa a este?

Biel puso los ojos en blanco y le abrió la puerta desde dentro. Se saludaron con dos besos. Aún le pasaba, le pasaría siempre. El contacto con su barba era un remanso de paz. La constatación de tener cerca a alguien afectuoso y entregado a pesar de no vivir juntos. Le parecía que querer a un hermano debía parecerse bastante a querer a Biel. Hablaron brevemente de los niños y después él puso el coche en marcha. Dijo que era un mal sitio para detenerse, que la parada del autobús estaba ahí al lado y podía llegar en cualquier momento. Mientras empezaba a circular, Biel le hizo observar, indignado, que el ayuntamiento ya había colgado el alumbrado de Navidad. Comenzó a desvariar sobre la inflación del precio de muchos productos y la campaña de Navidad iniciada ya desde octubre, y entonces Joana le puso la mano sobre la pierna y le dio unas palmaditas.

—Biel, otro día ya me explicarás todo esto de la Navidad, ahora pídeme el divorcio de una vez que es tarde y mañana tengo que madrugar.

Él suspiro, tal vez un tanto avergonzado pero sin duda con alivio. Después, solo el sonido inconfundible del intermitente rompiendo un silencio en el que no había ni rastro del bullicio en el que habían vivido juntos tantos años atrás.

—Joana...

Alargó la última vocal haciendo que el sonido cayera un poco hacia el suelo. Ella se sintió allí mismo, en el punto adonde había ido a parar la letra.

—Era de esto de lo que querías hablarme, ¿no?

—¿Cómo lo has sabido?

—Eres un ingenuo de manual, querido —dijo desplegando toda su fuerza moral para vencer la resistencia de una verdad que, si bien durante todo el día la había considerado una posibilidad, ahora le caía encima como un jarro de agua fría. Intentó atenuar el dolor con una sonrisa amable—. Tendréis un bebé, ella es quince años más joven que tú, le debe de hacer gracia lo de casarse. Y nosotros... ¿Cuánto hace que estamos separados? ¿Seis años? Tampoco hay que ser muy perspicaz, Biel.

Al padre de sus hijos siempre le sorprendía la forma en que ella lo anticipaba todo. Cuando aún estaban juntos, al regresar de una cena con la familia de Biel, que era muy numerosa, o de estar con unos amigos, Joana siempre compartía con él sospechas e intuiciones, justificando sus conjeturas con razonamientos bastante coherentes. No solía equivocarse en sus diagnósticos. Así que sonrió algo abatido. Valoraba su capacidad de afecto, su inteligencia, la forma en que ejercía de madre sin ningún forzamiento, con la dosis justa de ternura y la distancia suficiente para dar a los hijos la libertad de ser ellos mismos. La admiraba. Para Biel ella era inmensa, pero, tal y como él lo entendía, la pareja era un juego, y ambos se habían cansado de jugarlo juntos. No había estado dispuesto a dejar que el desgaste acabara estropeando el respeto y el cariño que sentía hacia Joana. Este pensamiento fue crucial para él a la hora de aceptar la separación, y le prometió que lo harían bien por los niños. Dentro del hermetismo neutro del coche se preguntó si alguna vez llegaría a querer de una manera tan pura a Clara o a cualquier otra mujer.

—Por tu reacción, entiendo que podemos hacerlo a través de un convenio entre tú y yo, ¿no? Quiero decir que no será necesario ir por la vía contenciosa, ¿no?

—Ay, Biel, ¿de verdad? ¿Me lo preguntas en serio? —dijo ella chasqueando la lengua al final de la frase con las cejas fruncidas. No podía disimular el disgusto—. No te preocupes que firmaré los papeles cuando me digas. ¡Pero por quién me has tomado!

Lo miró afligida, escrutándolo de aquel modo que tan bien conocía.

—Joana... —dijo él con paternalismo.

—Me vas a gastar el nombre —añadió contrariada—. En fin..., escucha, ya me dirás algo. ¿Puedes girar por ahí? Tengo que volver a casa.

El coche se deslizaba ajeno a la sacudida que ella sentía en el estómago. Él obedeció en silencio. Le dolía haberla ofendido, pero la conocía lo suficiente como para saber que era mejor no atosigarla más. Al fin y al cabo, aunque no hubiera salido de su boca, él acababa de pedirle el divorcio.

En el espejo del ascensor, Joana se topó de frente con aquel rostro que últimamente no reconocía. Se estiró la piel del contorno de los ojos hacia los lados. «Estúpida, ¿qué pensabas que iba a hacer, si no?» Entró en casa y, quejumbrosa, empezó a apagar las luces.

—Os las dejáis todas encendidas. ¡Siempre! No tenéis ni idea de lo que es trabajar todo el día para pagar esta mierda. ¿Me estáis escuchando?

Ninguno de los dos contestó. Se los encontró en la cocina engullendo la cena, con los auriculares puestos y aislados tras las pantallas, uno con el móvil y el otro mirando una serie. Pensó que estaba bien así. Se sentía incapaz de relacionarse con nadie. Solo tenía ganas de romper algo. Se sirvió una copa de vino blanco y se la bebió sin miramientos. Puso las noticias en la televisión y subió bastante el volumen. Ellos protestaron, ella lo subió todavía más. Aunque sus hijos intuían que había pasado algo durante el rato que su madre había estado con su padre, no le preguntarían nada. No sabían hacerlo, no sabían representar otro papel que el que se esperaba de alguien de dieciocho años y de trece. ¿Por qué deberían saber hacer cualquier otro? Recogieron los platos y desaparecieron en sus habitaciones. Ella se dejó caer en el sofá. Se acabó el poco vino que quedaba en la copa. En la pantalla de la televisión, criaturas ensangrentadas cubiertas de escombros temblaban desorientadas. Para ellas ya no habría más días ni más noches, solo unas horas que serían lo más parecido a un futuro. Pensó que nada tenía sentido. Las pequeñas humillaciones conviviendo con las grandes tragedias, y ella sintiéndolas todas con la misma magnitud. Consideró que la sensación de opresión que la embargaba era de lo más elitista. Angustiarse tanto por todas esas imágenes lejanas que se repetían a lo largo de los años aquí y allá y no hacer nada al respecto. Se avergonzaba de ello.

Permaneció a oscuras hasta la madrugada. Sola y en silencio, buscando la manera de acomodar su cuerpo en el sofá, pensó que era así como se empezaba a tejer la textura del aburrimiento, esperando lo inesperado, y que era posible que lo inesperado ya nunca más volviese a tener cabida en ella. Ignoraba que tal vez esa era la manera en que se dejaba una etapa de la vida atrás y se entraba en la siguiente: desprevenidamente, habiendo querido morder a un extraño y añorando a otro, y sabiendo, por encima de todo, que la más desconocida para ella era, sin duda, ella misma.

6

La luz del día se filtraba por los estores de los grandes ventanales de la sala de restauración. Fuera el aire era fresco y el sol de otoño creaba una atmósfera más tranquila. Dentro, emblanquecía las paredes y llenaba el espacio de vitalidad. Grandes mesas con obras de arte extendidas encima, fragmentos de pintura mural románica sobre tela, caballetes que sostenían obras icónicas y otras que habían estado esperando en la reserva durante años, grupos de dos o tres personas, o incluso una sola, trabajando alrededor de ellas. Los gestos precisos de las manos. El miedo lo dejaban fuera. Debían actuar con determinación y, al mismo tiempo, tener en cuenta la posibilidad de corregir, de suavizar. La delicadeza como un utensilio más de los muchos que necesitaban. Una obra del barroco junto a un cuadro de vanguardia, un retablo gótico, un paisaje modernista y una naturaleza muerta de principios del xvii. La sensación de orden pese a la disposición caótica de los materiales por todas partes: pinceles, botes de cristal, escalpelos, bisturís, esponjas, rollos de papel, lámparas, pinzas, plásticos protectores, cinta adhesiva, trapos húmedos. Una lucha contra el tiempo hecha también de los olores penetrantes de los disolventes, las colas, las mezclas, el alcohol, las pinturas, los barnices, y un contraste: la delicada nota del perfume de bergamota en el cuello de Joana, eficaz y discreta.

El conservador de Arte Moderno inclinó la cabeza con aire serio y pensativo mientras observaba el pequeño autorretrato de la pintora Lluïsa Vidal colocado sobre una de las mesas. Parecía ignorar las dudas de Joana.

—Pero estamos hasta arriba de trabajo, ¿eh? No lo sé..., no sé si es el mejor momento para irme a Nueva York.

Era un óleo sobre lienzo pintado hacia 1899. Aparecía la artista, todavía muy joven, con la paleta y los pinceles en la mano. Miraba directamente al espectador. Transmitía calidez, con los arrastres de su fondo verde, los tonos rosas y rojizos en la bata y el hermoso siena en las carnaciones del rostro, el cuello y las manos. El gesto y la mirada de autoconfianza con que se había autorretratado lo eran todo para Joana, una auténtica declaración de intenciones. El autorretrato y la carga existencial que en él se insinuaba. No tanto un «pasaba por aquí y quería dejar constancia», sino más bien un «me siento así». No estaba segura de que los selfis actuales compartieran siempre el mismo tipo de testimonio, pero había una intención similar. El cuadro estaba protegido por un plástico que ella misma había retirado hacía unos minutos y que había quedado sobre la mesa. La pintura en el centro como un regalo luminoso. Finalmente, su compañero le dijo que él tenía otro viaje y que estaba al corriente de lo atareados que estaban, pero que precisamente por eso era mejor que fuese ella, porque estaba seguro de que lo haría todo de la forma más ágil posible. La compañera que debía hacer de correo y custodiar la pintura hasta que quedara colgada en el Metropolitan Museum of Art había cogido la baja por el ingreso hospitalario del marido, al que habían intervenido de urgencia. Joana ya había hecho de correo varias veces ante museos, entidades y diversas administraciones. «Lo has hecho en infinidad de ocasiones y conoces la pintura mejor que nadie», le soltó con determinación dando el asunto por cerrado. Esa pizca de soberbia mezclada con empatía que ella no sabía ejercer con su equipo, ni siquiera fingirla. No era algo que una tuviera de forma natural.

—Serán pocos días. Ya sabes cómo funciona. Vuelas a Nueva York. Calcula un primer día de trabajo, un día de instalación y, cuando la pintura ya esté colgada, te vuelves para aquí. Unos tres días como máximo, depende de los vuelos. Cuando termine la exposición, ya decidirás si prefieres enviar a otra persona.

Joana asintió y parpadeó un poco. Ella era la jefa de área y hubiese podido decir que no o proponer a otra persona para hacer de correo. No obstante, el temor al juicio de los otros no ayudaba demasiado, así que cambió de actitud y pasó a mostrarse activa e interesada en los detalles. No quería que las vicisitudes que últimamente trastocaban su mundo interior entorpecieran su trabajo. Dijo algo ocurrente, esbozó una amplia sonrisa y él se marchó satisfecho. Se quedó pensativa frente a la pintura. Las manos en los bolsillos del pantalón. Esa expresión concentrada que la hacía tan hermosa. «Vale —se dijo—. Te gustaba. Esto era lo que más te gustaba del mundo, Joana.» Había compañeras trabajando en las mesas de alrededor. Una de ellas acarreaba un Cristo de madera del siglo xiii con mucho cuidado mientras le hablaba muy bajito: «¿Verdad que hoy acabaremos pronto, cariño? Tengo hora en el dentista». Empezaban los trabajos de restauración de la policromía del reverso de la cruz sobre la que descansaba el cristo. Todas se echaron a reír. Joana se unió a ellas con una risa discreta para complacerlas y enseguida se concentró en el pequeño autorretrato modernista. Tenía pendiente un montón de trabajo administrativo sobre la mesa de su despacho y no sabía cómo encajar el viaje a Nueva York, pero aquella pintura siempre la había cautivado. Romper la rutina durante tres o cuatro días, dejar atrás las hojas de Excel. Nueva York nunca le daba pereza, al contrario. ¿Cuál era el problema, entonces? Se puso los guantes de algodón para manipular el cuadro y, con la ayuda de una compañera, lo levantó con mucho cuidado para observarlo en vertical. Estaba en perfecto estado y no había sido necesario realizarle ninguna intervención, pero como debían cederlo para la exposición sobre autorretratos de mujeres artistas que se inauguraría próximamente en el Met, quería revisar el informe de préstamo que había gestionado hacía ya casi un año y los documentos con todas las recomendaciones necesarias para su exhibición, como la manipulación, el embalaje, el transporte o las condiciones ambientales y de montaje. Miró a los ojos marrones de la figura de la pintora, que siempre parecían interpelarla. A Joana le gustaba puntualizar que un retrato es siempre el testimonio de un personaje. La mirada de la pintora resultaba fascinante. Los archivos constatan que Vidal era una gran conversadora. Alguien que podría haber sido su amiga, estaba segura. Su mirada traslucía también decisión, era la mirada de alguien que había alcanzado su objetivo: dejar a un lado las convenciones sociales de la época y convertir su vocación en profesión. Se imaginó acompañando el autorretrato de Lluïsa Vidal a Estados Unidos para asegurarse de que llegaba a buen puerto. Por todo el mundo había debates globales en los que las instituciones reflexionaban sobre cuál debía ser su papel y de qué modo debían transformarse los museos, que no eran ajenos a la necesidad y la urgencia de redefinirse. Joana se preguntaba a veces cómo se suponía que debía preservarse una cultura cuando prácticamente era imposible preservar el bienestar social, pero cuando adoptaba el papel de profesional siempre acababa convencida de que, más allá de la investigación, la conservación y la exposición, los museos debían asumir también otro tipo de funciones sociales. Tenían que poder ser populares y accesibles a nuevos públicos y nuevas realidades, y también estar al servicio de la equidad. A propósito de la equidad, por todas partes se multiplicaban los museos que recuperaban de sus fondos obras de magníficas pintoras ignoradas a lo largo de la historia por el mero hecho de ser mujeres. Cada vez con más frecuencia se inauguraban aquí y allá exposiciones como la de Nueva York que ayudaban a construir un discurso capaz de nutrir la reflexión crítica y reivindicar una revisión de la historia del arte. Era estimulante imaginar a Lluïsa Vidal entre grandes nombres, como un recordatorio de que las mujeres no solo eran dignas de ser sujeto del arte. En muchos casos habían ocupado un lugar central y destacado, pero la historia las había borrado y silenciado. Había llegado el momento de ponerlas en valor por su propio derecho una y otra vez. Con el entusiasmo ya a flor de piel, repasó la logística doméstica que constituía la base de su día a día —cambiarle la semana a Biel, mover reuniones de la agenda—. No era consciente todavía de que una idea descabellada había empezado a abrirse paso desde el fondo de su mente.

Suspiró ante la pintura. Le pareció verse en las pupilas de la figura femenina. Se vio entera, arropada por la calidez del lienzo y por el espíritu vital y optimista de la pintora. Fue justo en ese momento, inmersa en esa pintura que tanto apreciaba, cuando tuvo una pequeña revelación electrizante: iría a Nueva York y prolongaría la estancia todo el fin de semana. Poco a poco se fue animando mientras el plan crecía en su cabeza. Encontraría el modo de acercarse a Ghent. Buscaría a Mateu. Desde la noche en que lo había visto a la salida del teatro, el recuerdo de Tokio había cobrado vida y se interponía en sus pensamientos cuando menos se lo esperaba. Necesitaba cerrar de algún modo aquella visión que tanto la había turbado. A medida que pasaban las semanas, cada vez tenía más la sensación de que todo había sido fruto de su imaginación. La misma noche del teatro había enviado un mensaje a Mateu a través de Instagram diciéndole que le había parecido verlo en Barcelona. También le había dado su teléfono. Al contactar con él había sentido un repunte de excitación. Joana no podía saber que él no gestionaba esa cuenta. La agencia que lo representaba se limitaba a colgar allí contenido que él ni siquiera veía. Después de Tokio, todavía abrumada por la pequeña historia que había vivido con él, Joana le había escrito en alguna ocasión a través de esa misma aplicación para felicitarle las fiestas o enviarle información de alguna exposición del museo que creía que podía interesarle, pero él no había dado señales de vida. Los mensajes ni siquiera aparecían como leídos. Se había esfumado. Que él no dependiera de esa forma de comunicarse le hacía sentirse infantil. Y también le parecía un poco miserable que, después de aquellos días juntos, Mateu ni siquiera se hubiera tomado la molestia de intentar encontrarla. Más tarde se diría a sí misma que esa manera de vivir alejado del ruido del mundo era una de las cosas que lo distinguía por encima de los demás, una de las cosas que le atraía de él y que a su vez le despertaba cierta antipatía. Era noviembre y desde hacía unos días se le hacía difícil vivir el presente sin obsesionarse con escenarios futuros. De repente le pareció que la idea de ir al encuentro de Mateu en Ghent era ingenua y temeraria. Si lo había visto en Barcelona, existía la posibilidad de que él se hubiera trasladado a vivir allí. Pero las redes lo mostraban siempre lejos, no había ningún concierto ni exposición suyos anunciados aquí ni en ningún otro sitio del Estado, y en cambio, en Boston habría un concierto pronto. Desde que lo había visto en Barcelona, Joana había estado indagando sobre él con una meticulosidad que rayaba en la obsesión. También había encontrado alguna noticia sobre actuaciones recientes en Nueva York. Todo apuntaba a que seguía afincado allí. Sabía que intentar encontrarse con él en Estados Unidos no era una manera razonable de actuar, pero algo la empujaba a hacerlo y, por muy inconsistente que pareciera, el pequeño pueblo de Ghent era el único lugar donde empezar a seguirle el rastro. Miró de nuevo a Lluïsa Vidal a los ojos antes de taparla con cuidado con el plástico protector y le sonrió.

Un par de semanas más tarde volaba a Nueva York rebosante de energía renovada en un avión de carga, sola con los dos pilotos, el autorretrato y un Porsche rojo cuyo propietario lo esperaba en Tribeca. La presencia del coche junto a la caja redondeada donde estaba el cuadro embalado resultaba extraña. Bellezas sostenidas en el aire volando hacia el mismo destino, a punto para despertar deleites espirituales no tan diferentes. Habló un rato con uno de los pilotos sobre cuestiones generales de la vida; él se interesó por su trabajo y ella le preguntó acerca de cosas concretas como los cambios de temperatura y de presión. No le preocupaba el estado de la pintura, pues iba muy bien protegida y ni los cambios bruscos ni las fluctuaciones climáticas podían afectarla, pero estaba inquieta y no sabía muy bien de qué hablar. Se pasó buena parte del vuelo trabajando, concentrada en los compromisos que debería atender en el museo a su vuelta. Más tarde intentó echar una cabezadita, pero finalmente desistió y repasó por enésima vez la ruta hasta Ghent. La incertidumbre le impedía experimentar el viaje real. Estuvo reflexionando bastante rato sobre todos los frentes que tenía abiertos: la culminación del proyecto del románico, la firma de unos papeles del divorcio, el incidente con el vigilante y la ambigua aparición de Mateu. Reflexionó detenidamente sobre el hecho de haber sido capaz de tomar una decisión como aquella y no habérselo comentado a nadie. A ratos estaba convencida de que se echaría atrás y de que no tenía ningún sentido ir en busca de un hombre que en ningún momento la había buscado a ella, pero por momentos sentía en su interior la clara predisposición a no darle más vueltas y dejarse llevar.

Empezó a experimentar los nervios y la excitación de estar en Nueva York en cuanto puso los pies en el centro de carga aérea del aeropuerto JFK, una nave industrial a pie de pista en la que esperó impaciente —con el autorretrato embalado con el mejor material de amortiguamiento de choque y debidamente cargado sobre un palé— a que llegara el camión de transporte que las llevaría a ella y a la pintura hasta el museo. A pesar de no haber dormido nada durante el vuelo, se sentía en sintonía con la animada actividad del día que ya empezaba a abrirse paso a través de la gran ciudad. De camino a Manhattan, el transportista, que era jamaicano y llevaba el pelo recogido en un moño hecho de rastas de gran tamaño, le explicó que hacía solo unos días un avión de carga que se dirigía a Bélgica desde Nueva York había tenido que dar la vuelta a medio vuelo después de que un caballo se escapara de su compartimento y se pusiera a trotar por la bodega. El chico se reía a carcajadas y ella no estaba segura de si le estaba tomando el pelo. Pensaba en el índice de fragilidad del cuadro, en el peso del embalaje y en la espuma protectora cada vez que pasaban por un pequeño bache.

Cuando estaban atravesando el Robert Kennedy Bridge no pudo evitar tomar un par de fotos de la distintiva panorámica de los rascacielos al fondo. La exaltación que le provocaba Nueva York era la de alguien que había estado allí por trabajo unas cuantas veces y solo conocía la ciudad superficialmente. Aún conservaba el deseo de juventud de vivir allí una larga temporada. Sentir la ciudad, mimetizarse con los barrios y el anonimato. Había crecido deslumbrada por todas las películas que transcurrían en suburbios residenciales, con jovencitas que abandonaban sus pequeños pueblos y llegaban a la gran ciudad para establecerse en el West Village o en un piso compartido en Brooklyn. Para ella, la ciudad tenía un atractivo sentido hipnótico, pese a ser consciente de que aquello solo era una capa y que la realidad estaba ahí debajo, a menudo inhabitable, con sus límites, sus diferencias y sus soledades no buscadas. Pero sí, todavía lo veía como algo pendiente. Era extraño que a veces solo lograra definirse a través de lo que no tenía.

La jornada en el museo acabó siendo muy intensa, llena de apretones de manos y presentaciones de gente perfectamente acicalada, con traje y chaqueta y tacones muy altos, personas con las que compartía profesión y en las que adivinaba una vida superior a la suya. Sabía que era una contradicción más de las muchas que la definían y luchó por no empequeñecerse. Siempre que brillaba de algún modo surgía de la nada el temor al descrédito, esa amenaza que, si no la vigilaba, enseguida se convertía en una especie de derrotismo fácil. Ser adulto también quería decir saber proyectar una imagen de éxito, y a menudo tenía la impresión de que la proyección era más importante que el propio éxito. Una vez en las salas, tocando el material, no tardó en aclimatarse. Supervisó al equipo encargado del transporte cuando abrieron la caja. Comprobó con alivio que el autorretrato estaba en las mismas condiciones en que había salido de Barcelona. Tras visitar el espacio expositivo, sintió una enorme satisfacción al ver que Lluïsa Vidal estaría acompañada de grandes nombres que Joana admiraba, como Clara Peeters, Berenice Abbott o Alice Neel. También le alegró la evidente admiración que los estadounidenses habían mostrado mientras desembalaba el autorretrato de la pintora catalana. Solo había que ver sus expresiones. Asimilaban el efecto del cuadro e iban respondiendo con una emoción pausada.

Por la noche, ya en la cama del hotel, escribió al compañero de Arte Moderno para agradecerle la insistencia en que fuera ella. Ciertamente, tenía el mejor trabajo del mundo. A continuación buscó en Google la anécdota del caballo que el transportista jamaicano le había contado y, gracias a los medios locales, comprobó que había pasado de verdad.

Contestó un par de mensajes de sus amigas, que ya hablaban de fijar una fecha para encontrarse antes de Navidad. La Navidad le pareció algo fuera de lugar. Escribió a los niños, que se habían quedado con su padre. Al mayor le contó la anécdota del caballo. Su hijo le envió un audio en el que le contaba que el padre de un compañero de universidad se dedicaba a la logística aérea y una vez había gestionado el traslado de todo un equipo de polo. Añadió un emoticono de un caballo con un jinete. Sintió un bienestar instantáneo gracias a la voz grave de su hijo. Aquella familiaridad acogedora. Todos esos caballos dentro de un avión le hicieron pensar en la inmensa cantidad de cosas que cada día pasaban en el mundo y de las cuales ella no sabía nada, concentrada como estaba en su tarea diaria de tratar con piezas que le sobrevivirían pese a que la mayoría acumulaba siglos de antigüedad. Ella se encargaba de preservar el pasado mientras fuera todo se movía solícitamente para servir al futuro: aviones, caballos, oportunidades. Luego repasó arriba y abajo con el mando todos los canales del televisor. Comprobó el tiempo que haría en Ghent el fin de semana y pensó que quizá debería haberse llevado más ropa de abrigo. Pese al cansancio, le costó dormirse por la diferencia horaria.

Harta de dar vueltas en la cama, a las cuatro y media de la madrugada se dio una ducha de agua caliente. Se miró el cuerpo desnudo en el espejo que recubría una de las paredes del baño. Reconoció la discrepancia entre lo que era hasta hace poco y lo que se encontraba desde hacía un tiempo en la intimidad. Una extrañeza. Era un cuerpo atravesado por cosas que ella todavía ignoraba, que vendrían con los años, pero que a partir de entonces irían tomando forma, e intuía que esa tímida mudanza del cuerpo que empezaba a percibir y que la desesperaba era ya irreversible. Quería ser joven de una manera inasequible. También con la sensualidad. La mente se la llevó a imaginar el fin de semana en Ghent. Sintió una punzada en el estómago ante la posibilidad de poder pasar unas horas con Mateu, y entonces miró hacia atrás como no se lo había permitido hacer durante los últimos años y recordó el placer compartido, la forma en que la primera vez, sentados de lado en la cama del hotel, él le había pasado la mano por la cintura. Se habían reído al descubrir, mientras se quitaban los zapatos con prisas, que Joana tenía un agujero en uno de los calcetines que dejaba entrever un poco la uña del dedo gordo. «Demasiadas horas de pie», la había tranquilizado él. Tenía la voz grave, con una textura ligeramente rasposa por la leve afonía que la caracterizaba. Aquello le añadía un toque de vulnerabilidad. La lejana deslocalización de Japón les facilitaba el acercamiento; también ayudaba el licor que habían estado bebiendo en una pequeña taberna. Se dejaron caer hacia atrás y el resto vino solo, sin tener que pensar ni forzar nada. Se guiaban con la mirada y el tacto. Sus cuerpos temblorosos, entregados. No había olvidado el enclave lateral que se formaba en el brazo de Mateu, un pequeño hueco muscular al que ella se agarraba cada vez que él empujaba el cuerpo con fuerza hacia las caderas de ella. No había olvidado cómo le acariciaba la curva suave del final de la espalda. Hablaban los cuerpos mientras ellos se limitaban a observar el deseo mutuo desde ángulos desconocidos y recorrían los contornos con insistencia para retenerlo todo en la memoria táctil. También el olor, la piel. Y la complicidad en la mirada, el reconocimiento, esa cercanía que después de Mateu y dentro de una cama ya no había vuelto a encontrar con nadie más. Con el pensamiento desbocado, tomó aire y enderezó su cuerpo. De repente le vino el vigilante a la cabeza, como algo sobrante que te echan a los pies. La intromisión de esa última imagen le molestó. Era el plato de la carta que finalmente le servían, el que sí podía permitirse, no el que le apetecía. Se puso el albornoz del hotel y apagó la luz con resignación. Cuando finalmente se durmió, tuvo muchos sueños que se entremezclaban unos con otros. En uno aparecían Biel y los niños marchándose lejos en un coche que no reconocía, en otro aparecía aquel caballo precioso, que ella había imaginado de color negro, corriendo desbocado por la bodega del avión con los ojos oscuros y abrumados. El sufrimiento en el fondo de una mirada que nada comprendía. Un caballo desorientado y muerto de miedo consciente solo de estar muy lejos de tierra firme.

Una vez que la pintura quedó debidamente instalada, permaneció en Nueva York un día y medio más. La colocaron en una pared de color verde oliva desde donde la moldura dorada del marco irradiaba luz. Joana se detuvo antes de salir de la sala por última vez y la observó desde lejos buscando su mirada penetrante. Al mediodía, tras despedirse del personal y abandonar el museo, decidió regresar caminando al hotel atravesando Central Park. El sol estaba bajo y la suave luz hacía resaltar los ocres, los rojos carmesíes y los amarillos dorados de los vigorosos árboles. Aquí y allá abundaban las rocas mojadas y las hojas caídas y amontonadas por todas partes en una puesta en escena otoñal y fulgurante. Al cabo de unos días, el paisaje habría cambiado por completo y el invierno se manifestaría de forma minimalista. Barcelona ya no le permitía tomar conciencia de los ciclos de las estaciones; en los últimos años se habían convertido en simples bocetos desdibujados de un verano prolongado y un otoño eterno, y tuvo la necesidad de detenerse y aferrarse con fuerza al momento, llenándose de todo lo que ya nunca más podría volver a darse por sentado. Recogió sus pertenencias en el hotel y tomó el metro hasta Penn Station. Un hormigueo entre incrédulo y nervioso la recorría por dentro. Su plan había empezado.

La estación era uno de los lugares de tránsito más concurridos de la ciudad y se perdió entre las riadas de pasajeros que salían de todas las líneas de metro que llegaban hasta allí. Tenía que tomar el tren de las 17.47 hasta Hudson y se lio un poco con las vías. Cuando por fin se encontró en el vagón y tomó asiento, la invadió un sentimiento de consecución. El tren no iba muy lleno y pudo acomodarse con facilidad. Desde su asiento podía vigilar la maleta en el portaequipajes situado cerca de las puertas. Fuera ya no había luz diurna y solo captaba la extensión del paisaje cuando el tren se detenía en alguna estación y la iluminación dejaba entrever un poco más allá. De repente, salpicadas a ambos lados de las vías, aparecían casas que le parecían preciosas y acogedoras a través de las ventanas iluminadas. Imaginaba comidas y la vida transcurriendo como una corriente más amable de lo que debía de ser en realidad. Si pensaba en lo que estaba a punto de hacer, si hacía que el rostro de Mateu se le apareciese ante ella, experimentaba un fuerte regusto a irrealidad. Prefirió no pensar en él ni en lo que le diría, y se deshizo como pudo de esa voz que a cada instante la asaltaba recordándole que las segundas partes nunca fueron buenas. Cuando el tren se detuvo en Hudson, solo descendieron ella y un par de mujeres cargadas con bolsas. La estación era diminuta y de tonos rojizos, y el suelo estaba lleno de pequeños charcos. Debía de haber llovido hacía poco. De una manera ilusoria, se dijo que la lluvia le traería buena suerte.

7

Había hecho una reserva en un pequeño *bed and breakfast* de Hudson, a pocos minutos de la estación. Solo tenía tres habitaciones. La suya daba a un jardín bastante descuidado limitado por unos arbustos. Los alojamientos le habían parecido extremadamente caros y había decidido reservar una habitación barata desde Barcelona. Rendida tras el viaje, se dio una ducha. No hizo mucho caso del olor a azufre que desprendía el agua ni de la humedad que se colaba por debajo de la ventana. Nunca en la vida se había sentido tan de paso en ningún sitio. Buscando una crema hidratante se encontró con un Orfidal en el fondo del neceser. Era de la época álgida del duelo, meses después de quedarse huérfana. El diccionario no considera huérfano a quien ya es mayor de edad, pero ella al principio se sentía huérfana a la manera clásica de los personajes de Dickens, y a pesar del paso de los años, a pesar de haber dejado atrás aquella insufrible sordidez por la pérdida de su padre y su madre que algunas veces la llevaba a no querer levantarse de la cama, a pesar de ser una mujer adulta que miraba hacia delante por ella y por sus hijos, nunca se sacudía de encima la sombra de haber quedado desamparada. Lo único que sabía del duelo era que la misma idea de superarlo era difusa, que era algo que no podía medirse. Si pensaba en sí misma, *huérfana* no era un adjetivo que le pareciera fuera de lugar. Divertida con los suyos, organizada, trabajadora, tímida, locuaz, intuitiva y huérfana. Cuántas veces a lo largo del tiempo, en los encuentros con amigos y conocidos, le habían preguntado cómo estaba, más como una formalidad a la hora de quitarse el abrigo y la bufanda que esperando una verdadera respuesta, y cuántas veces ella hubiera querido responder con un «voy tirando, pero me siento huérfana. Llena de añoranza. Desamparada». Todos esperabámos, en cambio, que dijera lo que siempre acababa diciendo y que siempre remataba con una sonrisa: «Bien, sin demasiadas novedades. ¿Y vosotros?». El Orfidal llevaba un año y medio caducado, pero la idea de volver a no dormirse la asustó más que la posible ineficacia del medicamento. De hecho, se durmió enseguida, sin cenar, mientras revisaba todo lo que encontraba en internet sobre Ghent, que la verdad es que no fue mucho. Al día siguiente por la mañana, cuando se levantó, el mundo era aparentemente un sitio mejor. La chica de la recepción le sonrió y con una mano la invitó a subir al piso de arriba, donde había un pequeño comedor con la mesa preparada para el desayuno y una chimenea encendida. Sentado en un sillón había otro huésped leyendo el periódico. Se saludaron con un gesto de la cabeza y una leve sonrisa. Mientras se tomaba el café, leyó los titulares de reojo. La Casa

Blanca advertía de que los fondos de Estados Unidos para Ucrania se agotarían antes de finalizar el año y Hamás e Israel negociaban un acuerdo para la liberación de rehenes. La sordidez de la realidad era insistente, pero aun así desayunó con ganas. De camino hacia las oficinas de alquiler de coches descubrió que Hudson era una ciudad pequeña y encantadora llena de tiendas de antigüedades y de muebles, galerías de arte, cafeterías y *boutiques* de moda a ambos lados de las calles que la hacían sentir en el set de alguna película vista cientos de veces. Tenía un pasado bohemio que de alguna forma todavía se dejaba entrever, aunque se hubiera convertido en un lugar popular de escapada de fin de semana para los neoyorquinos y muchos se estuvieran quedando a vivir allí huyendo de los precios desorbitados de la gran ciudad. Reinaba la calma y una estética muy trabajada que pretendía generar comunidad, una pequeña réplica de la escena más creativa y artística de Nueva York. No había transporte público y su reducida población se movía en coche, a pie o en bicicleta.

El trayecto hasta Ghent no llegó a la media hora de coche. Tuvo que alquilar uno porque en Hudson no había taxis y ese sábado el único conductor de Uber que había no estaba disponible. Conducía sin perder la sonrisa, satisfecha con aquel coche yanqui nuevo, impecable, alto y seguro que le hizo olvidar cualquier propósito de conciencia climática. Y aunque estaba hecha un manojo de nervios, estos no se materializaron del todo hasta que no dio unas cuantas vueltas con el automóvil por Ghent y constató que por allí no se veía ninguna casa amarilla. Las finas nubes que había a primera hora habían ido creciendo hasta dejar un cielo mustio sobre el paisaje y sus pensamientos. El lugar se componía de un núcleo de población muy pequeño. Las casas se esparcían por los prados circundantes. Cuando se disponía a tomar una curva vio una señal de madera con el nombre de una granja. Decidió seguir por ahí, pues tampoco sabía por dónde más probar suerte. Al lado de la granja había un establecimiento con productos agrícolas. La entrada estaba rodeada de puestecitos de verduras. En aquella época abundaban las calabazas dispuestas en cestos o directamente sobre la paja. Algunas estaban cortadas con formas decorativas, recordando la festividad del Día de Acción de Gracias. Una vez dentro se dirigió directamente a la caja y se percató del grado de absurdidad de la idea de haber ido hasta Ghent cuando oyó su propia voz preguntando a la cajera si le sonaba que por allí cerca hubiese una casa amarilla. Su sorpresa fue que la mujer no se lo pensó ni un instante antes de responderle que debía seguir la carretera y, a la altura de la siguiente granja, girar a la izquierda. La encontraría unos metros más allá. Salió a toda prisa con aires de aventurera, pero dio media vuelta antes de llegar al coche y volvió a entrar para darle las gracias a la mujer, que se echó a reír y le deseó buena suerte. Al salir de la tienda se sintió eufórica. Conducía mirando a derecha e izquierda, llena de creencias y sentimientos contradictorios. Mateu. La imagen de él al pie de la escalinata del teatro le provocaba un escozor en el pecho. A saber si la habría olvidado.

Olvidado quizá no, no le pareció que fuese alguien que hiciera aquello de manera regular, acostarse con una desconocida, pero siempre tenía la sensación de que para ella eran relevantes detalles que la gente pasaba por alto, una mirada, una conversación, cosas que Joana podía hacer crecer en su interior hasta convertirlas en una realidad que no existía. Quizá ella le había dado a lo de Tokio más importancia que él. Todas las cosas que había encontrado sobre Mateu en internet lo envolvían de un aura que a ella la convertía en una mera espectadora. Las alabanzas de la crítica y el aplauso del público. Esas fotos de los conciertos. Imaginaba que en la vida de él había cosas y personas que debían de tener un impacto mucho más profundo que el que ella podía producirle.

La carretera continuaba y continuaba entre casas silenciosas y mucho verde por todas partes. Trataba de animarse diciéndose que el impulso de ir a buscarlo ya era en sí algo bueno, algo que valía la pena. Cuando finalmente pasó por delante de la granja que le habían indicado, se dio cuenta de que también tenía un pequeño establecimiento. En su propia fantasía, esa que ella sola había hecho crecer en su interior hasta límites insospechados, pensó que no podía presentarse con las manos vacías en una casa ajena, así que detuvo el coche y entró a comprar algo. Vendían miel, huevos, manzanas, carne y todo tipo de productos agrícolas, orgánicos y ecológicos. Aquí también las calabazas estaban por todas partes. Se puso nerviosa mirando los productos locales. Dedujo que si Mateu vivía tan cerca de la granja compraría allí a menudo y, por mucho que ella intentara ser original, ya tendría de todo. No había visto ninguna otra tienda por los alrededores. No acababa de entender el funcionamiento de aquel lugar, de Ghent. Cuáles serían las normas sociales del entorno, sus costumbres. Le gustaba la sensación de extrañeza, el desafío de estar allí sola. Dejándose llevar por la agonía de los nervios, que cada vez la descentraban más, escogió sin pensárselo demasiado un licor hecho de manzanas y una mermelada de frambuesa.

Arrancó el coche y, en cuanto pudo, giró a la izquierda tal y como le habían indicado. Todavía sonaba el intermitente cuando dobló por un camino de grava con la emoción expectante de haber encontrado la última pista antes del tesoro. Los neumáticos crepitaron cuando redujo la marcha para tomar una última curva y, efectivamente, al final del camino, la casa amarilla se alzaba frente a ella. Tenía que ser esa. No era demasiado grande. Tenía un pequeño cobertizo adjunto con troncos de leña. El revestimiento de la fachada era de madera. El amarillo que ella había imaginado era un amarillo vivo, luminoso y lleno de alegría, como aquellos pollitos de Pascua que su madrina colocaba sobre la mona cada año cuando era una niña; sin embargo, la pintura desconchada en casi toda la superficie de la fachada era de una tonalidad más bien blanquecina, como el zumo de limón o la pálida luz del sol entre la niebla. Su corazón latía desbocado y las manos le temblaban. Cerró y abrió los puños con fuerza. Hubiese agradecido unos guantes para calentarlas un poco y disimular aquella agonía, del mismo modo que hubiera agradecido que un rostro amigo le preguntara: «¿Qué diablos estás haciendo, Joana?». Fuera le sorprendieron el frío y el silencio. El aire tenía la pureza helada del inminente invierno. Enseguida sintió la tierra gélida en la suela de los zapatos. Tuvo la sensación de que podía ponerse a nevar en cualquier momento. La nieve no llegaría hasta una semana más tarde, con una ola de frío ártico que marcaría récords de temperaturas bajas, pero para entonces ella ya estaría lejos de aquel paisaje. La casa estaba rodeada de una zona de bosque, pero la propiedad quedaba cercada por unos arbustos que la protegían de la frondosidad de detrás. Se veía a la legua que la casa llevaba días cerrada, con los postigos cubriendo las ventanas y sin ninguna señal de vida ni dentro ni fuera. Aun así, la necesidad de creer que todavía era posible le hizo caminar hasta la puerta y, sin pensárselo demasiado y con el corazón al galope, llamó al timbre. La inquietud la carcomía por dentro. Las palabras y las frases que le diría se agolpaban en su cabeza. Ni siquiera tenía muy claro los motivos que la habían llevado hasta aquel lugar. Pertenecían a la voluntad rudimentaria de querer exprimir la vida. Allí mismo se dio cuenta de que, en el fondo, no conocía de nada a Mateu. Era alguien con quien encajaba físicamente, con quien había hablado de música, de comida, de arte, de sentirse extranjero en un lugar como Tokio. Alguien con quien sobre todo había reído y había hecho el amor. Recordaba haber conversado largamente con él, pero hablaban de la vida como si los dos la mirasen desde fuera. El arte, la música, los viajes. Meras impresiones que, si no querían, no tenían por qué llevarlos a ninguna parte. Apenas habían compartido detalles personales. Dos desconocidos juntos en Japón. Y después, cuatro años enteros de silencio y olvido. Los recuerdos hechos de migajas no eran ninguna garantía de que ahora él la recibiera como una agradable sorpresa.

Recordó que se había dejado la bolsa con la botella de licor y la mermelada en el coche y volvió sin dejar de mirar atrás a cada paso por si Mateu abría la puerta. Solo oía sus propios pasos sobre la gravilla. Ningún ruido de cerradura, ninguna voz, ningún golpe de suerte en la retaguardia. Ya frente al coche, suspiró con los ojos cerrados consciente de que algo en su plan se había torcido definitivamente. Se le pasó por la cabeza la posibilidad de marcharse; al fin y al cabo, como suele decirse, ojos que no ven, corazón que no siente, pero finalmente caminó de nuevo hacia la entrada. Volvió a llamar. Daba golpes con los pies en el suelo por el frío y se soplaba las manos. «Por favor, abre. Por favor.» De repente, una bandada de grajillas de plumaje negro con reflejos tornasolados pasó volando y graznando por encima de ella. Adversidad, desventura, infortunio, mal augurio. No sabía cómo deshacerse de la impresión que le había provocado el sonido que los pájaros le habían lanzado desde el cielo. Miró a su alrededor entrecerrando los ojos por la molesta luz de ese día ahora completamente gris. De pronto, al fondo del camino de grava por el que ella había entrado con el coche, vio que se acercaba una mujer mayor. Vestía con muchas capas de ropa, gorro de lana y botas de agua, y caminaba con paso firme. Llevaba una caja de madera en las manos llena de manzanas rojas y estiraba el cuello para mirar a Joana sin ningún disimulo. Joana la saludó con la mano. Antes de que pudiera preguntarle nada, la mujer le habló desde donde se encontraba levantando la voz.

—*Mat is not at home!*

Bajando la cabeza, todavía frente a la puerta, Joana se preguntó si el azar era un producto de su ignorancia o si solo se trataba de una demostración más de ese mundo que últimamente parecía empeñado en cuestionarla. Una ráfaga de viento agitó salvajemente las hojas de los árboles y arriba, en el cielo, volvieron a graznar las grajillas. Cuando la tuvo delante, no pudo ocultar su sorpresa. Había algo de su madre en aquella mujer. No solo por ciertos detalles físicos, como el pelo blanco recogido con gracia o la complexión pálida y la hermosa armonía de sus facciones, sino también, de forma muy especial, por su actitud serena y esa predisposición a socorrer con la mirada. La mujer se presentó como una vecina de Mateu. Le aclaró que él llevaba más de un mes fuera. Protectora de aquel hombre por alguna razón que Joana desconocía, no le dio más detalles, pero se comprometió a hacerle saber que ella había estado allí. Joana anotó su nombre y su número de teléfono. Le regaló el licor y la mermelada. No hubiera podido soportar deshacer la maleta al llegar a Barcelona y encontrarse con el recuerdo de su desastre. La mujer cogió la bolsa y le dijo amablemente que lo guardaría para cuando él regresase. Después la miró a los ojos de un modo más inquisitivo, tal vez intentando descubrir quién era Joana y qué hacía allí, lejos de donde fuese. El inglés de Joana era bastante bueno, pero resultaba inevitable detectar su condición de extranjera. Su aspecto de mujer mediterránea tampoco pasaba desapercibido. Se sintió obligada a decir algo al respecto. Solo eran viejos conocidos, le dijo. Le pareció que, al fin y al cabo, era una definición bastante certera. La mujer le ofreció entrar en su casa, que según dijo no estaba lejos. La invitó a tomar un café, pero el deseo de huir, de borrar para siempre su intento frustrado de lo que fuera que había ido a hacer allí, le impedía cualquier gesto de cortesía. Le dijo que tenía un poco de prisa. No se veía capaz de mantener ninguna conversación con nadie. Se hubiera quedado solo por aquel sorprendente parecido con su madre. La seguridad, la calma. Contemplar una brizna de recuerdo durante unos instantes más. Entonces la mujer dejó la caja de manzanas en el suelo y le tocó la muñeca. Dejó que sus dedos reposaran allí mientras le hablaba.

—Vivimos tiempos extraños. Ya nadie viene de lejos para sorprender a nadie.

Cuando ya estaba en el coche deshaciendo el camino de vuelta con el disgusto latente en la garganta, miró la casa a través del espejo retrovisor. Poseía una presencia inquietante, pálida y fría. Parecía observar el coche alejándose, reafirmando con contundencia su papel de morada protectora de alguien que no se dejaba ver. La casa que envolvía los objetos de amor del hombre que la habitaba, el teclado de su piano, el torno de cerámica, la ropa guardada en el armario con aquel olor que ella todavía recordaba con un punto de excitación. También las cosas que le debían resultar necesarias para su día a día, la máquina de afeitar, un portátil, los libros sobre la mesilla de noche, una gorra de los Mets, una escoba, los juegos de sábanas, quién sabe si una navaja. La casa amarilla no era solo una guarida. Era, de hecho, el lugar donde él debía de ser él. Una vez en la carretera, absorta en estos pensamientos, un escalofrío la recorrió por dentro. De detrás de unos árboles, en el margen del camino, salieron un corzo y su cría. Oyó el sonido estridente de las pastillas de freno contra los discos, se detuvo en seco y después se quedó agarrada al volante con la espalda pegada al asiento. La cría era preciosa y desprendía una inmensa ternura. Sobre la grupa de pelaje marrón grisáceo tenía dos hileras con pequeñas manchas blancas. La hembra grande miraba a Joana fijamente e, inmutable, hacía pequeños movimientos instintivos con las orejas. Atentas, con el ruido del motor de fondo, las tres se mantuvieron a la espera en aquel triángulo de miradas. Joana notó que le temblaban un poco las piernas. «Como desea la cierva las fuentes de agua, así, Señor, os desea mi alma.» Era el salmo de David del que partía la interpretación alegórica del ciervo. Para Joana, la representación del animal en las pinturas murales de la fachada occidental de la iglesia de Santa Maria de Taüll era una de las más bonitas de todo el bestiario oculto que había en las salas del románico del museo. Según la alegoría medieval, la necesidad del animal de beber de aguas cristalinas lo relacionaba con la figura del bautismo, pero también con la renovación. Después, sin esperárselo para nada y todavía mirando los ojos relucientes del corzo, le vinieron a la mente los últimos días con su madre. Desde la cama del hospital, ella también le ponía los dedos en la muñeca para decirle algo que de repente le parecía importante. Al final de su vida había sentido la necesidad de contarle cosas. Cuando todavía tenía buena salud y hablaban, siempre era de cocina o del tiempo. Cuando los niños eran pequeños les cosía las batas de la escuela, los bajos del pantalón. Las conversaciones estaban hechas de pequeñas trivialidades que ellas convertían en algo importante. Si vendrían a comer el sábado o el domingo. Si había florecido la planta que Joana le había regalado para su cumpleaños. Apreciaban la cordialidad, el entendimiento mudo. A su madre la veía siempre tan mayor. Nunca se le ocurrió que pudiera hablar con ella de nada más. Después, de pronto, las conversaciones empezaron a girar en torno a lo que decían los médicos. Las recetas de antibióticos, las infecciones, su padre, los diagnósticos, las recaídas y ese silencio que llegó de forma repentina. En la cama del hospital, cuando hacía eso de apoyarle los dedos en la muñeca, Joana no la entendía bien porque ya hablaba con mucha dificultad, y no le preguntaba ni le hacía repetir lo que había dicho para no alterarla. No estaba segura de querer saber lo que su madre creía que debía decirle. Era un temor nuevo. No quería alterar lo que siempre habían mantenido en equilibrio. Prefería pensar que lo que intentaba decirle eran pequeños saberes que una madre consideraba que debía traspasar a una hija. Los acuosos ojos del corzo. Como los ojos brillantes de su madre implorando unas horas más. Estaba la vida y después estaba eso otro, el resto de la vida, que siempre partía de un evento más o menos irrebatible. A veces alguna pena, en contra de la propia voluntad, podía alargarse hasta el punto de que el resto de la vida se convertía en la vida misma. Para sobrevivir era necesario asomarse a la superficie y vislumbrar de nuevo la vida a secas. No siempre era fácil. Al cabo de un momento, los dos animales cruzaron la carretera hasta el otro margen, lleno de arbustos y bayas. Imaginó las aguas cristalinas y luego suspiró agradecida.

Debo confesarte una cosa, Laura. No estoy en Nueva York. Mañana vuelvo para tomar el avión a Barcelona, pero he pasado el fin de semana cerca de Ghent, donde vive Mateu, el hombre del que te hablé la noche del teatro.

Laura llenó una fila del mensaje con emoticonos de una cara con los ojos muy abiertos.

¡Joana! ¿Y cómo ha ido? ¡Qué fuerte!

No ha ido de ninguna manera. No estaba en casa. ¿Te lo puedes creer? ¿En qué momento se me ocurrió que lo encontraría sin avisarle antes y sin tener ninguna pista de cómo es su vida? Soy tan idiota...

¡Ay, Joana! ¡No, mujer! Si estabas tan
cerca... Yo habría hecho lo mismo.
Imagínate que lo hubieras encontrado en
casa... Tenías que intentarlo.

Tardó unos segundos en escribir la respuesta. No sabía qué decir. Si lo hubiera encontrado en casa, ¿qué? No lo sabía expresar en palabras, y seguramente tampoco podía formular el pensamiento, pero toda aquella angustia estaba hecha de la necesidad de crear una historia que le devolviera una imagen de ella misma de consistencia y estabilidad. Encontrar a Mateu en casa no le hubiera proporcionado esa imagen, pero lo extraño de la situación quizá sí. Esa escapada no tenía tanto que ver con él como con ella. Es posible que eso Joana no lo viese. Tenías que ser otro para poder apreciar ese matiz.

En fin, qué más da. Cuéntame tú
algo. ¿Todo bien por ahí? ¿Sabes
si han empezado a llegar las obras
de la exposición temporal?

No pienso hablarte de trabajo, Joaneta.
Aunque quede poco, para mí todavía es
domingo. Pero, escúchame una cosa: si
otro día te entra el espíritu aventurero me
lo dices antes, ¿vale? Hubiese estado
pendiente de ti.

Añadió un corazón rojo.

Ya lo sé. Gracias por estar siempre
ahí, Laura. Ahora debo dejarte.
¿Comemos el martes?

> Ya veo que no quieres hablar. Hecho,
> comemos el martes. Te mando *aurum*.

Yo también, bonita.

Estaba sentada en la cama; llevaba el pijama y una bufanda alrededor del cuello por el frío, que no conseguía quitarse de encima. Se puso las gafas y descargó el correo en el móvil para revisar algunos asuntos del trabajo. Contestó los más urgentes. Después entró un mensaje de su hijo pequeño. Ya sabía que ella le había advertido que nada de animales en casa, escribía con cierta picardía e inocencia y con un montón de faltas ortográficas. Recordaba que también le había dicho que nada de tortugas de agua cuando las había pedido para Reyes el año pasado, pero había pensado que para su cumpleaños, ya que había mejorado con lo de las notas, un hámster sería el regalo ideal. «Seré responsable y limpiaré la jaula, mamá.» Joana sonrió con el teléfono en la mano y las gafas en la punta de la nariz. Ese paréntesis de realidad palpable la calmó. Le escribió que por encima de su cadáver y después se apresuró a borrarlo. En un intento de aportar algo de humor, finalmente le dijo que no podría dormir con una rata en casa. «Ya me conoces. Y olvídate de los animales, cariño. Hemos hablado de esto mil veces. Vivimos en un piso pequeño con un balcón aún más pequeño como única salida. Va, cuéntame, ¿qué habéis hecho hoy? ¿Cómo ha ido el partido?» A veces le costaba tomarse el mundo de sus hijos en serio, como si todos esos universos infantiles y juveniles en los que ellos dos orbitaban corrieran paralelos al suyo y desde allí ella solo se interesara por las formas. Él tardó en contestar. A Joana le dio tiempo de terminar de cerrar la maleta y revisar de nuevo los horarios del tren de regreso y del vuelo a Barcelona. El sonido de una campanilla le advirtió de que había entrado otro mensaje. Ya no pensaba en su hijo. Albergaba la esperanza de que fuera un mensaje de Mateu. Tal vez la vecina le había avisado de su visita. Desbloqueó el teléfono a toda prisa. «Eres una amargada, mamá. Todo lo que te digo te parece mal.» Amargada. Esta era de las que se te clavaban en el corazón. Según cómo, podía incluirlo en su tarjeta de presentación: huérfana y amargada. Sintió un arrebato de rabia, pero se evaporó enseguida. A continuación, algo peor: la autocompasión. El universo de sus hijos colisionaba a menudo con el suyo, y cuando eso pasaba, la fractura era afilada y causaba heridas finas y engañosas, como los cortes provocados por una hoja de papel entre los dedos de las manos. Ya no le contestó. Aquel fin de semana, su capacidad para la ironía se había agotado.

Al día siguiente, por la tarde, esperaba en la puerta de embarque sentada y quieta, aferrada al bolso con la mirada perdida. Un tanto abatida, tal vez, o al menos desengañada. Vista desde muy arriba, era solo una mujer cansada. Una más del conjunto anónimo de los transeúntes de una terminal, de un aeropuerto, de una gran ciudad, de un mundo lleno de incertidumbres, con nuevas guerras, nuevos virus, catástrofes ecológicas, con el autoritarismo resurgiendo por todas partes. Más de cerca, era la chica que logró las dos mejores marcas territoriales a los dieciséis años en los campeonatos de natación regionales, una en los 50 braza y otra en los 50 libres. La misma chica que había acampado aquí y allá para acudir a conciertos lejos de casa, la que hacía veinte años se manifestaba contra la guerra de Irak, una de los miles de voluntarios que fueron hasta Muxía para limpiar la costa gallega después del hundimiento del *Prestige* a principios de 2000, y ya de más mayor, y pese a no pertenecer a las generaciones emergentes que iniciaron el movimiento, la que había participado en las protestas pacíficas del 15-M para apoyarlas. Con su inocente pancarta que rezaba: «Esta revolución no es de derechas ni de izquierdas, es de sentido común». Tenía por delante más futuro, más por decidir, más posibilidades de cometer errores. Ahora era alguien a quien se le entreveía el remolino de impaciencia, el hambre por no desaparecer del mapa, con todo aquel afecto y cariño que no sabía a quién ofrecer si no era a sus cuatro amigas y a sus hijos. Había creído que separarse la haría más libre, más ella. Aspiraba a sentirse de otra manera, pero lo único que había logrado era esa soledad acentuada. No tenía ningún interés real en volver al pasado, no era ese tipo de nostalgia. Lo que quería recuperar era su manera de ver el mundo, la seguridad con la que se movía entonces. Todo parecía provisional, a la espera de que algo cambiase. Si te acercabas todavía un poco más, podías palpar un desorden general aleatorio e incomprensible, como cuando en casa había una de esas temporadas en que primero fallaba el lavaplatos, después se estropeaba la caldera y, al cabo de unas semanas, la cisterna del váter se quedaba atascada. Nada de lo que sentía se regía por las leyes de la naturaleza ni por su voluntad humana consciente, de persona consciente, de mujer consciente. Toda ella era en realidad lo que somos siempre todos nosotros, un sistema caótico e impredecible revestido por una existencia relativamente resuelta, estudiada y programada que puede fallar en cualquier momento.

Vio la puesta de sol desde el avión y la emoción se mezcló con el regusto agridulce del viaje a Nueva York y a Ghent. Se esforzó por recordar cómo había disfrutado del trabajo, el orgullo de haber dejado el autorretrato de Lluïsa Vidal en el Metropolitan. Se preguntaba cómo reaccionaría el público, cuál sería la opinión general de la exposición. En lo referente al cuadro, esperaba que la gente captase el sentimiento que trascendía la pintura y lo que representaba. Ella podía pasarse varias horas observando algunas obras sin esfuerzo, y esa era una de ellas. Reflexionó un rato sobre cuáles serían las variables que hacían que algunas obras la cautivaran y otras no. Tenía que ver con los trazos de conciencia de sí misma como espectadora, con la alquimia entre lo observado y la mirada del observador. La seguridad y la intensidad en la mirada de Lluïsa Vidal le recordaban la confianza y el ímpetu con que ella se movía años atrás. El arte nunca dejaba de traducir las experiencias propias. En ocasiones el arte precedía a la vida. Era un sentimiento que la había acompañado a lo largo de buena parte de su carrera de Bellas Artes y en sus trabajos posteriores. No quiso seguir profundizando en esa reflexión. Estaba cansada y de algún modo sentía que sus días se habían visto reducidos a sensaciones mucho más terrenales. Intentó dormir durante el vuelo. No lo logró. Se planteó regalarle un hámster a su hijo para su cumpleaños. Se juró que no lo haría bajo ningún concepto. Puso una mueca de asco al pensar en el animal. En realidad, esa mueca resumía todo lo que iba en contra de su voluntad.

Aterrizó en Barcelona a las siete de la mañana. En el aeropuerto se respiraba una relativa calma. Los comercios permanecían todavía con las persianas bajadas. Solo el aroma reconfortante del café y el dulce olor de los cruasanes a cada paso. Caminaba arrastrando los pies. De pronto se encontró esperando de pie y muerta de sueño a que la cinta del equipaje se pusiera en marcha de una vez. En ese mismo momento, por un cruce de sucesos causales independientes y por una serie de circunstancias no previsibles, unos pisos más arriba, fuera en la calle, Mateu entraba por las puertas giratorias de la terminal del mismo aeropuerto con una maleta de grandes dimensiones. Mientras hacía la cola para facturar no conseguía dejar atrás el regusto de derrota que le había invadido hacía solo unos días cuando, al llegar al museo donde trabajaba Joana y después de preguntar a todo el personal con el que se cruzaba si la conocían o si sabían dónde podía encontrarla, alguien le indicó que tenía que dar la vuelta por fuera y entrar por las oficinas. Nervioso y esperanzado rodeó el museo por el exterior. En la recepción le informaron de que no estaba ni estaría allí durante el fin de semana. No quisieron darle más detalles, aunque se ofrecieron a tomar sus datos para pasar el recado a Joana en cuanto ella se reincorporara. Les anotó el nombre y el teléfono, y luego salió a la calle, se quitó la gorra con resignación y se pasó la mano por la cabeza sin pelo. Se maldijo a sí mismo y a su inseguridad. ¿Por qué había tardado tanto en tomar la decisión de ir a buscarla? Le parecía que con ella le hubiera resultado más fácil sobrellevar la gravedad del problema de su hermano con las drogas, la inutilidad de su visita a Barcelona. Su hermano, finalmente, había aceptado verlo en el centro de desintoxicación. La conversación había comenzado con una vaga animosidad que enseguida se agudizó cuando le pidió dinero a Mateu y le recriminó que viviera fuera desde hacía ya tantos años. Él le intentó explicar que cuando consiguiera superar su adicción podía hacerle un sitio en su casa de Ghent y ayudarle a empezar de nuevo, pero su hermano se limitó a hacer un gesto brusco con la mano y a pedirle que se marchara y lo dejara en paz. Se sentía incapaz de calibrar las circunstancias de su hermano. Solo podía intuirlas como un malestar del que necesitaba huir. Y esa necesidad le generaba culpabilidad y autoodio. Se suponía que debía volcarse en el sufrimiento de su hermano, pero lo cierto era que no sabía cómo se hacía eso, cómo se sostenía el sufrimiento de los otros. Compungido, trató de desahogarse con los viejos amigos, pero, aunque siempre era reconfortante reencontrarse con ellos, no podía evitar la sensación de que cada vez más le bastaba con la soledad, o bien con el recuerdo del calor de una desconocida con la que hacía años había conectado de una forma que nunca olvidaría. La mujer que recordaba hubiera sido un buen refugio. Lleno de rabia y desanimado, dio la vuelta al museo en sentido contrario y entró de nuevo por la puerta principal. Compró una entrada general. No sabía nada del nuevo cargo de Joana, así que en cada pintura que observaba, en cada escultura que escrutaba, intentaba entrever las manos de ella supervisando y restaurando allí donde era necesario. Las mismas manos que hacía años habían sostenido su rostro y le habían agradecido los buenos ratos y el cariño antes de despedirse en esa noche iluminada por cientos de luces de neón. Tuvo que conformarse con pasar la mano por las barandillas de las escaleras que daban acceso a algunas salas y pensar que ella se agarraría a aquellos pasamanos en algún momento u otro durante sus jornadas laborales. A través de esa caricia leve y férrea se había sentido lleno de añoranza y totalmente abatido.

Joana salió a la calle e hizo la pertinente cola para subirse a un taxi. Ya en movimiento, reconoció las dimensiones de su ciudad. Se dijo que eran más realistas, que se adaptaban mejor a su vida. La aventura americana había sido un desengaño imponente, tenía la sensación de que había querido ponerse un vestido que le iba demasiado grande. Mientras tanto, Mateu dejaba el cinturón, el portátil y el móvil en una bandeja para pasar el control de seguridad. Vio la notificación de un mensaje en la pantalla del móvil. Era de su vecina. Le escribía a menudo para avisarle de que había llegado un paquete a su nombre o para preguntarle si quería que le llevara patatas o calabazas del pequeño huerto que cultivaba. Aunque apreciaba bastante a la simpática viejecita de la casa de al lado, en aquellos momentos se sentía cansado y le dio pereza leer el mensaje. No lo abrió hasta que estuvo en Nueva York, dentro de un taxi de camino a la Penn Station para tomar un tren hacia Hudson. Al leerlo, al descubrir que Joana había estado en su casa, sintió un terremoto de incredulidad y una rabia idéntica a la que sacudió a Joana cuando, el martes por la mañana, recogió el correo en la recepción de las oficinas del museo y le informaron de que alguien había preguntado por ella hacía unos días. Le entregaron un papelito amarillo con un nombre y un teléfono junto a un puñado de cartas. No podía creerlo. Tenía que ser una broma de mal gusto. Hasta que no pasaron unas horas no captó con nitidez la magnitud de lo que había ocurrido. Aunque algunos crean en el destino, otros en Dios y otros se nieguen a obedecer a ningún sortilegio, la única certeza es que al lanzar los dados uno puede calcular las probabilidades de éxito o fracaso, pero más tarde, cuando caigan al suelo, podrá tan solo asumir que lo que se obtiene siempre es del todo fortuito. La teoría del caos maniobrando libremente: el truco más viejo del mundo. La imprevisibilidad inherente a la vida misma.

Interludio

Tres fragmentos de Tokio

Cafe Suiren

—Hay tres gnomos —le dirá ella más tarde en la cafetería con el mismo tono cautivador que empleaba cuando les contaba cuentos a sus hijos antes de acostarse—, Flok, que es el gnomo prudente, Mik, el gnomo intrépido, y Puk, el gnomo soñador.

Mateu la mira atento, con una leve sonrisa expectante. Le gusta que le cuenten historias y no puede recordar la última vez que alguien lo hizo. Aún no saben prácticamente nada el uno del otro y, sin embargo, ya perciben lo más importante: que una historia puede hacerlos estremecer. Se han conocido hace solo diez minutos, mientras hacían cola para pagar en el Cafe Suiren del Museo Nacional de Arte Occidental de Tokio. Están en una de las mesas que hay frente al gran ventanal que da a la zona ajardinada rodeada por la piedra gris y amarillenta del edificio de Le Corbusier, que salpicada aquí y allá destaca sobre el verde de los árboles bellamente colocados. Fuera hace rato que llueve y los dos han decidido alargar la estancia en el museo hasta que la lluvia amaine un poco. Por eso la cafetería, por eso la cola para pagar donde se han conocido. He aquí el acto fortuito, casual, la buena suerte. Al llegar el turno de Joana ha sacado la tarjeta de crédito y se le han caído al suelo un puñado de recibos de dietas y *tickets* de metro y taxis que llevaba en el monedero. «Merda.» La palabrota le ha salido de dentro, y mientras se agacha con las mejillas encendidas se dice que poco importa porque nadie puede entenderla. Él, que también se ha agachado, ha sido más rápido: ha recogido los papelitos y luego se los ha entregado a Joana, que todavía mira acalorada a su alrededor para comprobar si queda alguno más. Se han mirado brevemente por debajo del mostrador, y cuando ella le ha dado las gracias en inglés, él ha respondido con un «de res». Se han incorporado risueños al descubrir que hablan el mismo idioma. Aturdida, ella se ha hecho un lío y ha entregado los recibos al chico de la caja en vez de su tarjeta de crédito. «¡Ai, perdó!», ha dicho con voz alta y en catalán mientras el japonés la miraba sin entender. Mateu, que se ha situado de nuevo en su lugar en la larga cola de clientes impacientes que esperan para pagar, no ha podido evitar una sonrisa. Ella no sabe nada de esa sonrisa ni de la simpatía que acaba de despertar en el hombre de la gorra, pero, mientras el datáfono piensa durante unos segundos, se gira hacia él y se presenta: «Me llamo Joana». A continuación se rasca la sien inclinando un poco la cabeza y bajando la mirada, en un involuntario gesto de timidez. «Mateu.» Estrechan sus manos. Y sonríen de nuevo. Los nombres, que siempre abren una puerta cuando se pronuncian por primera vez, más tarde fijan y determinan, y con el tiempo lo empujan todo hacia la añoranza. Se podría decir que la idea de compartir la mesa a la que ahora están sentados ha surgido de los dos. Están muy lejos de casa. Transitan desde hace poco por una ciudad insólita y fascinante que los ha noqueado por separado. En este Tokio de sensaciones alienantes el mundo les parece inmensamente vasto, pero de repente hablan una misma lengua materna y las distancias se esfuman. Tras un breve intercambio de información, descubren que tanto él como ella son de Barcelona. Sienten, sin decírselo, un pellizco que debe ser la satisfacción o el orgullo por la ciudad que, al menos en parte, les ha hecho ser quienes son.

—Pero ahora no vivo allí.

—¿Vives en Tokio, entonces? —Ella abre mucho los ojos, con curiosidad.

—No, no, vivo en Estados Unidos desde hace muchos años —dice como de pasada—. Estoy aquí medio por trabajo y medio por placer. ¿Y tú?

—Por trabajo. De hecho, estoy trabajando aquí en el museo.

—¿Trabajas aquí? —Ahora es él quien fija la mirada con interés.

Ella le explica que es conservadora restauradora en el MNAC y que debe coordinar el desmontaje y regreso a Barcelona de las obras cedidas para la exposición de «Hokusai y el japonismo».

—Ya estuve aquí el pasado octubre —añade—, antes de que se inaugurara la exposición, y ahora que se termina, hoy es el último día, de hecho, he vuelto para desmontar. Mañana, con la exposición ya clausurada, empezaré a prepararlo todo para llevarme las obras a casa. Bueno, a mi casa no, quiero decir al museo, ya me entiendes. —La risa un poco postiza, las manos moviéndose como un ventilador. Le ocurre siempre que se pone nerviosa.

Él se interesa con sinceridad por su trabajo. Todavía no le dice que es compositor. Le inquiere con unas cuantas preguntas para conocer más detalles. La cultura japonesa del silencio hace que en algunos lugares públicos se perciba una quietud y una calma muy peculiares, pero debido a la lluvia la cafetería está abarrotada de gente, que además en su mayoría no son japoneses. De fondo se impone el zumbido constante de las voces y el tintineo de platos y cubiertos, pero Joana sigue hablando sin levantar demasiado la voz, con el tono suave que la caracteriza, y él se ve obligado a echar el cuerpo un poco hacia delante para oírla mejor. Él le dice lo mucho que le ha entusiasmado la exposición y comprobar hasta qué punto Hokusai influyó en los artistas occidentales. Ella enumera las cinco obras que el museo catalán ha cedido al japonés: dos obras de Santiago Rusiñol, dos obras de Marià Fortuny y una ilustración de tinta a la pluma y lápiz de grafito sobre papel de Apel·les Mestres.

—¿La de la telaraña con el hombrecillo y una abeja atrapada? —pregunta con entusiasmo.

Y trenzando esta conversación, ella le empieza a hablar de las ilustraciones del poema *Liliana* de Apel·les Mestres. Busca en internet las otras imágenes que ilustran el poema y aproxima el móvil a Mateu para mostrárselas. Para verlas mejor, y con la intención de acercarse un poco más el teléfono, él, sin darse cuenta, le coge a Joana la mano con la que sujeta el dispositivo. Entre dos cuerpos nuevos, el tímido saludo de la piel nunca es poca cosa. Mateu se disculpa. Ella le dice que no pasa nada. Relaja la mano para que sea él quien aguante el móvil. Vuelve a rascarse la sien. Él se queda maravillado ante las ilustraciones, pero va con cuidado con las palabras, se limita a expresar su fascinación con una pequeña aspiración a cada nueva imagen. No todo el mundo entiende la manera en que él percibe el arte, hasta qué punto le puede apasionar un simple detalle en una imagen. Ya nadie habla abiertamente de la belleza. Siempre se contiene para no parecer vehemente. No sabe aún que con ella eso es algo que no necesitará hacer. Desliza las fotos con el dedo. Joana piensa que tiene unas manos preciosas. Después él le devuelve el teléfono. Es entonces, explicando el argumento de *Liliana*, cuando ella nombra a los tres gnomos, Flok, Mik y Puk, y es justo en ese instante, metidos de lleno en la ficción, cuando entre los dos se siembra algo. Joana le hablará también de los secretos que habitan el bosque, de lo graciosa que le parece la abeja, del amor encarnado por la mujer de agua y de la vigencia, aún hoy en día, de la reflexión que contiene la obra, dándonos a conocer la naturaleza, haciendo que la amemos y que velemos por su conservación y su equilibrio.

—Si el pobre Apel·les levantara la cabeza...

Él se echa a reír poniendo los ojos en blanco y ella se llena de una felicidad que proviene de la capacidad para hacerle reír. Los dos miran hacia el ventanal y después se hace un silencio.

—La lluvia va para largo. ¿Quieres que comamos algo?

Joana se encoge de hombros. No tiene nada de hambre, pero le parece bien. Hoy tiene el día libre para adaptarse un poco al huso horario y al ritmo de la ciudad. Ha venido a pasear un poco por el museo y ha aprovechado para saludar al director. Le esperan dos días de intenso trabajo. Le echan un vistazo a la carta y se dan cuenta de que no es cocina japonesa, sino occidental. Las fotografías de los platos no son demasiado atractivas, hay un exceso de crema de leche y salsas por todas partes. Él propone un lugar que tiene anotado en una pequeña libreta negra y que, según dice, no está muy lejos. Antes de irse entran un momento en la tienda del museo. La gente con la que comparten espacio los percibe como una pareja o como dos buenos amigos. Señalan esto y aquello, ojean la contraportada de algún libro, se ríen de algo, revisan los pósteres de los expositores verticales, hablan sin cesar, mirándose, asintiendo, sonriendo, y, si los observas un rato, puedes sentir que desprenden una armonía que ellos todavía ignoran. Finalmente, él compra el catálogo de la exposición de «Hokusai y el japonismo». Compra la edición japonesa porque, pese a no tener ni idea de japonés, la belleza de los caracteres lo atrae irremediablemente. Antes de comprarlo se han asegurado de que salgan las obras catalanas y se han mirado satisfechos tras constatar que el catálogo contiene el dibujo de *La telaraña*.

Cuando ya van hacia la puerta de salida, se cruzan con un grupo de escolares japoneses que no levantan un palmo del suelo. Tanto los niños como las niñas van perfectamente uniformados y llevan las mismas mochilas pequeñas y cuadradas en la espalda. Van de dos en dos, cogidos de las manos, y provocan las sonrisas de todo el que pasa junto a ellos. Visten de color azul marino. A pesar del frío, ellos llevan pantalón corto y americana con la insignia de la escuela. La misma americana que llevan las niñas, pero conjuntada con unas faldas plisadas. El uniforme está rematado con una gorra con visera de color gris muy similar a la que lleva Mateu.

—Mateu, mira, son un grupo de Mateus en miniatura.

Él suelta una carcajada que resuena en el vestíbulo silencioso y después se quita la gorra por primera vez. Se señala la cabeza con la mano.

—Es para tapar este desastre. Se me estaba empezando a caer a tal velocidad y las entradas eran ya tan exageradas que hace unos meses decidí raparme del todo. Todavía no me he acostumbrado.

La calva le confiere una expresión más adulta que la que transmite cuando lleva la gorra puesta. Joana dice que le queda muy bien. Hasta bien entrada la noche no le dirá que lo encuentra muy atractivo. Él se vuelve a poner la gorra y ella le cuenta que cuando era pequeña un día le preguntó a su abuelo por qué no tenía pelo y el abuelo le aseguró que se lo había llevado el viento. Nunca se cuestionó aquello, y hasta los diez años vivió convencida de que si había una ráfaga o era un día ventoso tenías que protegerte el pelo todo lo posible si no querías quedarte calva. Cuando ella se ríe rememorando el recuerdo —la mirada muy lejos de allí, la boca grande, los dientes blancos—, él siente algo cercano a la atracción y la ternura, y lo disimula como puede. Vistos así de espaldas, con los abrigos largos y la gran bufanda de ella, son solo un hombre y una mujer que caminan hacia la puerta del edificio en el que se han conocido hace muy poco rato, un edificio que fue creado originalmente por Le Courbusier, con todos esos espacios amplios y al mismo tiempo íntimos, diseñado cuidadosamente para adecuar la arquitectura al espíritu humano. En cuanto salen por la puerta, la medida de las cosas pierde su significado para siempre: es obvio que la casualidad los ha convertido en dos personas que ya nunca más volverán a ser las mismas.

Un pijama y un kimono

—En realidad, la palabra *izakaya* está formada por tres kanjis. En este orden quieren decir: quedarse-beber-sitio.

Joana levanta un dedo por cada kanji traducido. Lo mira muy seria.

—¡No me habías dicho que sabías japonés!

Ella adopta una actitud algo altiva presumiendo del dominio de la lengua y ahora intenta no mirarlo porque está aguantándose las ganas de reír. Continúa con la broma todavía unos instantes, hasta que no puede más y estalla en una carcajada explosiva y transparente. Mateu la mira sin comprender, divertido.

—¡Es broma! ¡No sé ni papa de japonés! Lo acabo de leer en inglés en el reverso de la carta...

Este momento pertenece todavía al primer día, tras pasear un buen rato a la salida del museo. El cielo va adquiriendo los colores perezosos de primera hora de la tarde, ya no llueve y el suelo del parque Ueno que rodea el museo desprende un olor profundo y vivo. El frío intenso los ha hecho andar rápido hasta la estación de tren. Se mueven por la ciudad como envueltos en un aire de aventura. Levantan las cabezas constantemente, lo señalan todo, se muestran impresionados. Se ríen. También hay intervalos llenos de silencio. No les incomoda. Se les pasa su parada y por casualidad bajan muy cerca de un santuario. Los dos se quedan boquiabiertos frente al gran *torii* de la entrada. Es de madera con el dintel superior curvado. Contiene dieciséis blasones dorados en forma de crisantemo. La muchedumbre, la riada de visitantes que se agolpa a la entrada y también el hambre que ahora los apremia ya a los dos los echa atrás y finalmente deciden no entrar. Caminan sin rumbo y se pierden por las calles del popular barrio de Shibuya. Para él, que es la primera vez, la sensación de haber aterrizado en un paisaje propio de *Blade Runner* es absoluta. Algo le transporta a su yo de los quince años, cuando imaginaba mundos futuristas y los reproducía con barro y pintura. Ella, que también experimenta la fuerza hipnótica de una cultura tan diferente, se deja llevar más por la sensación de ligereza que le provoca ser una extranjera de sí misma. Parece flotar. Se siente viva, eufórica, y esa viveza se mezcla con los rótulos luminosos, las imágenes en movimiento de las pantallas que ocupan fachadas enteras, las señales de circulación cuyo significado apenas intuye, las multitudes en movimiento, el incesante tráfico, las palabras que no entiende y que caza al vuelo, las bocinas de los coches. Desearía gritar a los cuatro vientos, traducir en sonido la exultante oleada de vida que la hace vibrar, pero ocurre que, en medio del bullicio humano y el aturdimiento urbano, solo puede compartir eso con el desconocido de la gorra, así que cuando giran por un callejón oscuro que no sale en las guías, lo detiene y le dice agarrándolo del brazo:

—Mateu, estoy muy contenta de haberte conocido.

Él suspira y se siente relajado. Las horas que han pasado desde que se conocen se convierten en décadas. A Joana le brillan los ojos de emoción. Se le escapa una risita cohibida. Si sonara música, piensa Mateu, sería en modo mayor. Las palabras de ella desatascan un bloque gris que lleva en su interior y se da cuenta de pronto de que la vida adulta es maleable, de que todavía es posible encontrar belleza e inspiración, de que existen paréntesis como este de ahora. Le responde pasándole muy lentamente su dedo índice por la mejilla izquierda, mirándola a los ojos y con toda la suavidad de la que es capaz una mano temblorosa por los nervios. No encuentra las palabras, y como no las encuentra no las dice. En cambio, con un gesto informal, la agarra de los hombros y la empuja hasta la entrada de la *izakaya* donde están ahora, una especie de taberna con una gran barra de madera a la que todavía no han llegado los asalariados que saldrán del trabajo más tarde y que terminarán allí bebiendo y pasando el rato hasta bien entrada la noche con el nudo de la corbata aflojado. Mientras esperan a que les sirvan, estrenan por separado y con la misma intensidad la actitud ansiosa por agradar. Escogen bien las palabras, los gestos, el ritmo. Más tarde, con el paso de las horas, esta actitud se relajará y serán ellos sin filtros. Será de gran ayuda la comida deliciosa y los vasos de *chu hai*, una bebida servida con mucho hielo que lleva poco alcohol y les parece dulce, y que por ese mismo motivo van bebiendo sin mucho control. Cuando pase el primer año y después el segundo y aun el tercero e incluso el cuarto, serán esas horas precisas en la *izakaya* las que ambos recordarán con mayor intensidad. Ocurre con los viajes y con la vida en general, que acabas olvidando lo más exótico o evidente de un lugar y de unos días, como si el tiempo destilara la memoria para preservar solo los recuerdos aparentemente discretos, pero no por ello menos conmovedores: un perfume, una textura, una sensación térmica. Aquella noche la pasarán juntos en el hotel de ella. También la siguiente. No se verán durante el día. Con la luz diurna, él vagará por la ciudad alterando el itinerario que tenía planificado antes de conocer a Joana. Ella llevará a cabo su trabajo en el museo, ágil y desenvuelta, contenta de encontrarse con caras conocidas de otros museos internacionales que también han cedido obras. Seguirá de cerca la desinstalación de las pinturas y protegerá con mimo extremo el dibujo de *La telaraña*. Sonreirá por dentro cada vez que se fije en el gnomo trepando por la telaraña para liberar a la abeja, y paseará impaciente y distraída por los alrededores del museo esperando la llegada de la noche para subirse a un taxi y regresar al hotel. Los dos sufrirán por si surge algún imprevisto y no se pueden avisar, pues no se han dado los números de teléfono. «¿Mañana en el mismo sitio y a la misma hora?» Así sea. Y así será. Él se irá a dormir a su alojamiento después de hacer el amor y de haber hablado largamente de todo y de nada con

Joana. Cuando ya a solas piensen en ello durante la primera y después durante la segunda noche, lo de «hacer el amor» les sonará cursi, pero ni él ni ella serán capaces de encontrar ningún otro verbo o expresión que pueda describir el acercamiento físico que acaba de darse entre los dos, esa entrega a otro cuerpo desconocido sin urgencia y con tanto afecto repentino. Las dos noches en el hotel serán siamesas. Con el tiempo les costará distinguir si esto o aquello lo dijeron y lo escucharon la primera noche o la segunda. Dos noches como una mantilla oscura e inacabable de honradez, de deslumbramiento, de carne encendida, de bocas entreabiertas, de deleite y diversión. La vida era esto, pensará ella en silencio. La vida era esto, le dirá él más tarde, extenuado de deseo con una mano olvidada sobre el abdomen desnudo de ella. Los dos saben, sin embargo, que la vida de verdad, al menos la suya, es todo lo que queda fuera de esa frase compartida. Pero las dos noches vendrán después. Ahora, y un poco para siempre, están sentados en la *izakaya* y fuera hace rato que ha oscurecido.

Apenas hablan de su vida personal. Tampoco de camino al hotel de ella. No necesitan detalles. Tal vez piensan que al hacerlo romperían el hechizo, y al fin y al cabo su presente está adquiriendo unas dimensiones titánicas y los invita gentilmente a quedar atrapados en él. Mateu deduce que Joana tiene un hijo. Le ha visto la cicatriz horizontal de una cesárea en el bajo vientre, y ella apostaría cualquier cosa a que él no tiene ninguno. Le cuesta imaginárselo entre niños, menús semanales, pediatras y reuniones escolares. Es más bien introvertido, observador, leído y cultivado, pero lo que más destaca es su afabilidad y, por encima de todo, ese halo de soledad que le rodea. Mientras él esté en la ducha, Joana lo buscará en internet tecleando su nombre y su apellido seguido de «compositor» y abrirá mucho los ojos e incluso un poco la boca con asombro. No podrá creerse con quién está compartiendo la noche. El sonido del agua tras la puerta cerrada del baño. La gorra sobre la mesita de noche y ella sentada sobre la cama con solo la parte superior del pijama. Cuando él salga lo hará con un kimono azul marino cortesía del hotel, y ella exclamará: «Aquí está Hokusai después de haber surfeado la gran ola de Kanagawa». Y por supuesto él se echará a reír y ella se sentirá poderosa, y por supuesto se acariciarán y se encontrarán de nuevo a través de sus labios calientes, y cuando estén lejos el uno del otro recordarán los cuerpos, la excitación, la deliciosa cohibición de la intimidad inesperada, pero aun así, con el paso del tiempo y separados por miles de kilómetros, el momento al que volverán con los ojos cerrados cada vez que lo necesiten será al milagro de haber coincidido y de haberlo verbalizado antes de entrar en la pequeña *izakaya*. Recordarán la calidez de las luces bajas y el agradable murmullo del local, recordarán la sensación de estar muy vivos. Al salir a la calle unas horas más tarde, ahora ya muy cerca el uno del otro y con el deseo de continuar la conversación y prolongar como sea esa primera noche, las luces de neón se reflejarán sobre los charcos superando todas las expectativas de los lugares imaginados. Y como no podía ser de otro modo, al llegar a la esquina en la que se separan los caminos hacia sus hoteles correspondientes, que se encuentran en direcciones opuestas, se mirarán solícitos y, como si hubieran contado a la vez hasta tres, harán el intento simultáneo de balbucear algo.

—Dime, dime...

—No, di tú...

Primero, las sonrisas irreprimibles. Luego llegará el beso, y entenderán entonces en silencio que el ecuador de la vida es solo una casilla del juego que los envía forzosamente y de nuevo a la salida. Que aún no se ha terminado la partida y que, al menos hoy, la tienen que jugar juntos.

Un día la necesitarás

Se despierta llena de confianza. He aquí una mujer sola, pero serena y admirada. Deseada. Anoche se despidieron con contención, presintiendo una nostalgia y una injusticia geográfica que cierra el paso a cualquier posibilidad de recaída entre los dos. Ser adulto debe de tener que ver con la capacidad de conformarse. Ella le dio las gracias. Él, de nuevo, no encontró las palabras. La miró en silencio y la abrazó. Su respiración profunda. Notó cómo hundía la nariz contra su cuello, quizá para retener el olor, quién sabe si para retener a toda su persona. En cambio, no hubo ninguna escena exagerada, ningún beso desesperado. Mateu le puso su gorra un momento. Colocó los dedos formando un rectángulo para encuadrarla y cerró un ojo como si estuviera mirando a través del visor de una cámara. Se rieron con los ánimos más aplacados que las noches anteriores. Ella le devolvió la gorra. Se tocaron una última vez las manos, las puntas de los dedos, y se marcharon, esta vez sí, en direcciones opuestas. Esa mañana y por separado, piensan que tal vez les ha sucedido eso que últimamente tanto se dice: que ahora las personas buscan flexibilidad y libertad, que hay menos tendencia a los compromisos, que como habitantes de un mundo volátil han experimentado una relación que no les hará perder la autonomía. Ni él ni ella lo viven así, pero dudan de si el otro comulga con ese desafío posmoderno que quiere el amor más fragmentado y temporal, huidizo. Tampoco saben si es demasiado atrevido hablar de amor. Es necesaria cierta acumulación de tiempo para coronar lo ocurrido, para entenderlo. El emblema del amor. La idea en sí parece gastada, piensa ella. Demasiado fácil, reflexiona él. Por separado lo elevan a un rango superior, más especial, más difícil de definir, más suyo, más lejos de todo lo conocido. El caso es que desde hace unas horas sienten una especie de nudo en el centro del pecho que oscila entre el ahogo y la euforia. Ninguno de los dos se lo ha dicho al otro porque ambos tienen marcados los caminos, los destinos, las obligaciones, lo que ya estaba establecido. Tanto él como ella, en su abstracción, en silencio y con el gusto del otro dentro, se preguntan si basta con la intuición para cambiarlo todo para siempre. Asisten impotentes al nuevo rumbo vital, sin ningún mapa que los oriente o les dé una pista de cuál es la ruta que seguir a partir de ahora sin esa otra persona cerca. El tiempo que se ralentiza y se acelera. Dos trayectorias que se entrecruzan durante un breve instante en medio de la larga línea de la vida que llevan grabada en las palmas de las manos. Tal vez ese momento esté representado en la mano de él o en la de ella. Una pequeña intersección en la piel que recordaría que hay instantes que marcan para siempre.

Esta es Joana en el avión de vuelta. Humilde. Cumplidora. Esperanzada. Profesional. Las obras de arte en la bodega bien resguardadas dentro de las cajas y en un palé. Ella sentada en la cabina entre pasajeros que en su mayoría duermen. Es de noche. Solo hay un par de personas con las luces de lectura encendidas. La memoria quiere oscuridad, y el rumor de fondo del motor del avión también le resulta propicio. Todo lo que le viene a la mente es agradable. Recuerda los besos que él le dejó sobre sus hombros desnudos. Según cómo, si inclina la barbilla hacia la clavícula, puede empaparse del olor de Mateu. En unas horas, sin embargo, no quedará en ella ninguna partícula física de este hombre desconocido. Cierra los ojos y se dice que la sensación que ahora experimenta debería poder preservarse. Conservarla intacta del mismo modo que ella conserva el arte procurando que no envejezca, que no se agriete, que los colores no se apaguen. Busca con todas sus fuerzas la sensación en su interior para retenerla. «Un día la necesitarás.» Finalmente se duerme exhausta sin ninguna idea equilibrada sobre cuáles son las fuerzas que han contribuido a este golpe de suerte: en la inmensidad del universo, coincidir, conectar. Gustar.

Segunda parte

8

Estaba de vuelta en casa después de comprar virutas de papel para poner en la base de la jaula. Le parecía que la madera que su hijo había colocado allí era demasiado áspera y lastimaría las patitas del animal. De todas las razas posibles se habían quedado con un hámster roborovski que resultó ser pequeño e hiperactivo. Al principio, cuando lo observaba moverse por los tubos y la rueda en el interior de la jaula con aquella determinación, sentía picores en las piernas y algún que otro escalofrío. Los animales encerrados en lugares pequeños la angustiaban mucho, en especial los roedores. Aún no podía creer que hubiera cedido. Cada vez que entraba en la habitación de su hijo, resoplaba. Con el paso de los días, y viendo la dedicación y la alegría del niño, el animalito empezó a despertarle cierta simpatía. Pero no quería encapricharse. Si iba a vivir apenas tres años, como le habían dicho en la tienda, pensó que no tenía sentido establecer demasiados vínculos afectivos con él. Pero lo cierto es que los notó rápidamente. Cuando lo veía acurrucado dentro de un trapo de algodón que su hijo le había puesto en la jaula para que no pasara frío, le atribuía unas cualidades humanas que hacían que incluso se atreviera a abrir la puerta y acariciarlo con los dedos. Sentada en el suelo con las piernas cruzadas, le cuchicheaba como se hace con un bebé que no habla. «Te gusta ese trocito de zanahoria, ¿eh? ¿Has aprendido tú solito a comer así?» Al cabo de tres semanas ya dejaba que se le paseara por el regazo y que le trepara por los brazos. Le parecía que ese cuerpecito tan frágil que pesaba solo 30 gramos podía despanzurrarse en cualquier momento. Su hijo lo bautizó con el nombre de Zelenski. Con su hablar desordenado, le había explicado que en alguna parte había leído que, a diferencia del hámster ruso común, esta especie era originaria de Ucrania. De ahí el nombre. Ella se había echado a reír con la ocurrencia, y las mejillas del niño, que intentaba disimular por todos los medios la felicidad que le provocaba la reacción de su madre, se habían puesto rojas como dos amapolas. Al fin y al cabo, la única misión de Zelenski, que ahora la miraba con los ojos pequeños, negros y brillantes, y con las bolsas expansibles de los mofletes llenas de comida almacenada, era provocar chispas de complicidad entre madre e hijo. De momento había superado todas las expectativas.

Extrajo la madera con cuidado y llenó la jaula de virutas. Hizo una foto del cambio con el hámster husmeando la novedad y se la envió a su hijo. «Zelenski tiene muchas ganas de verte. Yo todavía más. Te quiero.» Añadió un corazón rojo. No obtuvo respuesta, lo cual era una forma de constatar la normalidad al otro lado del teléfono. Estaba de vacaciones. Los niños se quedaban con su padre hasta el primer día del año, pero el hámster se quedaba siempre con ella. El embarazo de Clara había empezado a preconizar toda una serie de normas relacionadas con un higienismo desmesurado. Dejó la madera en un rincón del balcón y volvió a entrar muerta de frío.

Se lavó las manos y miró la hora. Le restó seis: un cálculo mental que se había convertido en un gesto inconsciente desde que había vuelto de Estados Unidos. Y entonces se imaginó al hombre de la gorra allí lejos, quitando nieve con una pala delante de la puerta de su casa. Él le había explicado que los residentes, ya fueran propietarios o inquilinos, eran responsables de despejar de nieve o hielo los alrededores de las viviendas. La nieve que caía entre las siete de la tarde y las siete de la mañana había que retirarla antes de las diez. El clima, la nieve y sus inconvenientes les habían proporcionado un buen escudo para la conversación aquel primer día; el día en que, tras los vuelos cruzados, todo se había resignificado con una sola llamada.

—Viniste a casa... —había dicho él en un tono que oscilaba entre la fascinación y la resignación.

—Viniste al museo... —contestó Joana alegre, conectada, llena de no sabía qué esperanzas.

Al principio les costaba hallar las palabras. Esperaban que fuese el otro el que marcara el tono de la conversación. Enseguida se encontraron constatando en voz alta lo que resultaba evidente. Repetían con insistencia hasta qué punto estaban impresionados por la coincidencia en el tiempo de sus viajes opuestos, la coincidencia de sus dos decisiones individuales e impulsivas de ir al encuentro del otro, y a medida que la conversación se iba haciendo cada vez más concreta, intentaron reconciliarse con la idea de que no hubiera sido posible. Les parecía que esa circunstancia —la concordancia, la sincronía— debía encerrar algún significado, pero poco a poco fueron rindiéndose a la conclusión de que el azar, además de fortuito, también era algo real que podía ocurrir y que, como tal, había ocurrido. La primera llamada estuvo plagada de silencios. Después, cuando ella lo puso en contexto —que lo había visto a la salida del teatro y que cuando supo que tenía que viajar a Nueva York para hacer de correo para una obra de arte que cedían al Metropolitan se le ocurrió que podría ir a buscarlo—, pese a no poder verle la cara, estuvo segura de que en el rostro de él había esa concentración y ese interés franco mientras la escuchaba. Sí, sin duda ahí estaban. Oyó cómo él tomaba aire y, guiado por la intuición, pensaba en lo que le diría. Ella deseaba que dijese justo lo que dijo a continuación, y no dejó de sonreír mientras, con los ojos cerrados como quien pide un deseo, se mordía levemente el labio inferior y las palabras de él llegaban concisas a sus oídos.

—Cuando termine la exposición, ¿tendrás que ir tú a recoger el autorretrato? Porque se me ocurre que si lo organizamos con tiempo, podría montármelo y pasar un par de días en la ciudad. Ya imagino que estarás muy atareada, pero en Tokio también lo estabas y no nos fue tan mal.

Ella abrió los ojos. También aspiró el aire muy

profundamente para procesar sus palabras, para llenarse de esa segunda persona del plural que él había utilizado y dejarse caer dentro, porque eso era precisamente lo que necesitaba, caer dentro de otro, no para que la sostuviera, sino para poder compartir lo que sentía.

—Pues no lo sé, porque de hecho fui en sustitución de una compañera. Podría intentarlo, Mateu.

Pronunció el nombre y le sorprendió el peso de todo lo que significaba ahora ese hombre que hacía unos días había ido a buscarla al museo mientras ella llamaba a la puerta de su casa amarilla. El deseo, la intimidad, el anhelo de conversar y el silencio de todo lo no revelado. Después los días fueron sucediéndose, inevitables, uno tras otro. Joana dormía inquieta pero con una felicidad fácil y benévola, pendiente del huso horario, de las noticias de allí, del universo de él. La primera semana se llamaron casi a diario; enseguida acordaron las horas de las videollamadas. De repente aparecía él desde el fondo de la pantalla. La imagen llena de grano, la luz y el sonido velados por los aparatos que les permitían esa forma de comunicarse y que, al mismo tiempo, enrarecían el contacto. Cierta timidez en el gesto de la mano y la contracción de los labios. La imagen se ajustaba. «¿Me oyes? Te veo pero no te oigo»; a veces era a la inversa y entonces se aferraban solo a las voces y podían cerrar los ojos un rato si uno u otro se sentían cansados porque la diferencia horaria se imponía del mismo modo que se imponía la austeridad de la tecnología, que les obligaba a rendirse ante la eliminación del tacto humano, a adivinar el olor del otro, la temperatura del otro, las inquietudes del otro. Mostraban los rincones escogidos: el piano, algunas calles, la piscina, una cafetería, el árbol centenario, una panorámica de la ciudad, lo que ella había cocinado para cenar. Y una vez perfeccionada la facultad de representar las cosas más simples de mostrar, las que seducían, se dieron cuenta de que tenían el tiempo a su alcance y que, a diferencia de en Tokio, podían ahora dilatarlo para albergar también todo lo otro, cosas que resultaban más complejas, que quedaban al margen del arte de la conquista, las cosas que la definían a ella: los dos hijos, el cargo estrenado en el museo hacía solo unos meses, un divorcio todavía pendiente de firmar, el bebé en camino de quien también cuidaba de sus hijos en semanas alternas, y las cosas que le angustiaban a él: los viajes constantes que le imponían los conciertos y que le habían hecho perder ya dos parejas. No, no se había casado. No, no había tenido hijos. El problema de su hermano con las drogas, sus esfuerzos por apartar a sus padres —aún vivos y ya muy mayores— de la adicción del primogénito, la coordinación de los cuidadores para los padres y del centro de desintoxicación para el hermano. Sí, él era el pequeño. Sí, siempre había actuado como el mayor. Y la distancia; no tanto la geográfica, sino la emocional.

—¿Tú tienes hermanos?

—No, soy hija única. Me hubiera encantado tenerlos.

Así pues, pasaban los días, y aparecían de forma inevitable los límites de los dos mundos no compartidos. Evitaban confesarse las emociones concretas.

De haberlo hecho, habrían tenido que encontrarles un nombre. Y como adultos que eran, no sabían nombrarlas. ¿Añoranza, amor, deseo? Dudosos las acallaban, y el silencio, al principio tan lleno, se iba vaciando de significado con el paso de los días. Y las llamadas diarias se fueron espaciando con el tiempo, y de repente las vacaciones de Navidad imponían nuevos horarios, y esa mujer y ese hombre que cuatro años atrás no habían necesitado palabras para expresar lo que estaban sintiendo, esos que con las piernas desnudas entrelazadas sobre una cama se lo habían dicho todo aunque solo fuera con el cuerpo mientras un pijama y un kimono permanecían hechos un revoltijo sobre la moqueta impoluta, seguían siendo los mismos, pero las circunstancias habían adquirido un aspecto muy diferente. A finales de diciembre dejaron de querer ser los primeros en enviar un buenos días o un buenas noches. Quizá la molesto, pensaba él, quizá lo estoy agobiando con tanta información, se decía ella. Y así volvemos de nuevo a las virutas de papel para la jaula del hámster, restando seis horas al reloj pero refrenando el impulso de escribirle. Esa misma noche de las virutas, tras haber pensado en él en más de una ocasión mientras deambulaba por el piso vacío de hijos y ruidos, con las luces apagadas, solo la iluminación tenue de la cocina abierta al salón y el fulgor azul del televisor y del árbol de Navidad, Joana, que ahora ya no pensaba en él ni en su soledad, inmersa como estaba de nuevo en la realidad palpable, se calentó algo para cenar mientras escuchaba las noticias de la televisión.

«Investigan la muerte violenta de una mujer en Barcelona. El cuerpo de la víctima fue hallado en el interior del domicilio por una compañera de piso y presentaba signos de violencia.» Joana dejó la cuchara en el plato sacudida por una brusca conmoción. Se limpió los labios con la servilleta y, mientras el reportero hablaba desde delante del edificio de pisos donde había tenido lugar el homicidio, se fijó con insistencia en los balcones de toldos humildes, con aparatos de aire acondicionado y plantas esplendorosas en unos y tan mustias y apagadas en otros. El cámara había hecho un *travelling* desde el balcón del cuarto piso donde vivía la víctima hasta la puerta de entrada al bloque de pisos, que tenía una fachada que bien podría ser la suya o la de tantos otros edificios donde se habían cometido crímenes desgraciados como este del que ahora ella tenía noticia sin que nadie le hubiera preguntado si quería enterarse de ello. Últimamente había oído demasiado a menudo la misma noticia con ligeras variantes, como si todo formase parte de un rompecabezas cuyas piezas ella iba acomodando hasta llegar a la expresión de un significado. Le faltaba siempre la misma pieza: la que provocaba en ella un miedo antiguo y voraz, la que tenía que ver con las motivaciones y las intenciones humanas. Las noticias solo registraban el sitio, la víctima, la situación, el tiempo y el resultado. No proporcionaban ningún relato. Plantearse el cómo y el por qué había ocurrido le provocaba una gran duda; la imagen proyectada era atroz y a su paso hacía mutar el miedo en posibilidad. El reportero insistía: «La compañera de piso de la víctima también ha destacado que en los últimos tiempos no había observado ningún cambio o actitud extraña en la mujer, que decía estar contenta con su trabajo». «El trabajo», murmuró Joana. Como si estar contenta con el trabajo fuera suficiente para sentirse a salvo de los peligros del mundo. Por una de esas asociaciones inconscientes que caracterizaban su vasto mundo interior, le vino a la cabeza la obra del artista cubano Félix González-Torres *Sin título (Retrato de Ross en L. Á.)*. Joana la había visto en el Art Institute of Chicago ya hacía algunos años. Consistía en un montón de caramelos envueltos individualmente con papel de celofán de colores muy vivos. Ella los vio apilados en una esquina de la sala, pero en algunas galerías se habían exhibido esparcidos por el suelo como una alfombra. Los espectadores podían elegir coger un caramelo o no hacerlo. El peso de la obra era de 175 libras, unos 79,4 kg. Al final del día, los museos donde se exhibía tenían la obligación de reponer los caramelos para que el conjunto siempre pesara lo mismo. Casi todas las interpretaciones decían que correspondía al peso de Ross Laycock, la pareja sentimental del artista, que murió por complicaciones del sida en 1991, el mismo año en que Félix —que más tarde también moriría de la misma enfermedad— creó la obra. Antes de ver la instalación *in situ*, Joana ya había oído hablar de esa interpretación. Le había conmovido mucho y, cuando se encontró frente a ella, se abstuvo de coger ningún caramelo. A medida que los visitantes cogían los dulces, actuaban como la enfermedad, que va tomando partes de una persona hasta que no queda nada. Las posibilidades de la obra eran ilimitadas, y artísticamente eso le fascinaba, incluso aquella amarga interpretación la cautivaba, la idea de plasmar la acción del virus con los caramelos, pero era incapaz de convertirse en cómplice del disfrute relacionado con el proceso de desaparición de alguien, de encontrar ahí algún tipo de placer. Había visto a una pareja riéndose mientras probaba los diferentes caramelos; otro hombre había cogido un puñado y se los había puesto en el bolsillo antes de perderse en la sala de al lado. Ni siquiera se había parado a leer la cartela con el título y la información de la obra. Pensó en los caramelos y en la mujer hallada muerta de la que acababan de informar en el telediario. Sabía que era una noticia informativa, pero aun así la había recibido con ese toque de espectáculo morboso con el que se tratan las muertes violentas y los crímenes reales desde el auge de la crónica negra en el mundo audiovisual, y desde que todo se hace viral e incluso el crimen se banaliza. El canal en el que solía ver las noticias se vanagloriaba de ser líder de la crónica negra. Sus amigos eran fans de los documentales de *true crime* y de los muchos programas que se hacían al respecto. Para no aguarles la fiesta, en las cenas en las que se acababa teorizando sobre el último caso visto en televisión entre risas y rondas de cerveza, solía morderse la lengua y esperaba paciente mientras levantaba las cejas para hacerse la sorprendida, o bien se limitaba a observar cómo sus amigos perdían los papeles al escuchar detalles escabrosos e hipótesis disparatadas. Félix González-Torres debió de concebir *Sin título (Retrato de Ross en L. Á.)* con la intención de que la interacción de los visitantes alterara la obra y la mutación tuviera un impacto en el significado, pero Joana quería creer que no la había diseñado con frivolidad, al igual que el asesino no mataba a las víctimas pensando en que su acto generaría aquella expectación en tantas veladas de amigos. Pensaba que tal vez todas esas conversaciones que generaban las muertes violentas servían para hacer acopio de las distintas posibilidades sobre las intenciones humanas que había detrás de los crímenes y que las noticias no proporcionaban. Pero era curioso que lo que complacía a los demás en relación con la causa nociva de un asesinato a ella la llenara de terror. En una ocasión, cansada ya de quedarse al margen de la conversación, había intervenido para decir que si ella fuera familiar de la víctima y le tocara revivir el asesinato envuelto en todo el *show* televisivo o estuviera ahí, «en la mesa de atrás y nos oyera contando chismes sobre el asunto, no sé, yo creo que me levantaría y os arrancaría los ojos a todos o me hundiría en la más absoluta miseria». No había pretendido mostrar tanta amargura, pero el caso es que sonó cortante y aguafiestas. Nadie dijo nada, solo uno de sus excuñados, el hermano menor de Biel, que era profesor de Filosofía en un instituto de Badalona y que estaba sentado a su lado, le argumentó al oído que lo hacían para aliviar la conciencia, que «al considerar a los protagonistas de cada caso como asesinos, como monstruos, nosotros podemos diferenciarnos de ellos y eso calma nuestra inquietud humana».

—¿La inquietud humana o al asesino en potencia que llevamos dentro? —dijo ella poniendo los ojos en blanco.

El excuñado se echó a reír y le dio unas palmaditas en el hombro. Ella puso cara de ingenua.

—¡Yo era feliz leyendo a Agatha Christie! ¿En qué momento me la transformasteis de esta manera, animales?

En la mesa se rieron y la conversación prosiguió animadamente. A veces le gustaría ser alguien que no le da tantas vueltas a las cosas, poder comer pistachos y pipas en el sofá de casa mientras comenta el crimen de Alcàsser como si aquellas niñas fueran personajes de ficción y no hubieran sentido cómo un miedo aterrador caía sobre ellas ni el dolor de la tortura. En general, en la vida, hubiera preferido ser más ligera. Con ciertas cosas, se sentía impregnada de la responsabilidad ética. Era algo que le venía de su madre. Cuando era más joven le irritaba detectar en sí misma la intransigencia de su madre, pero tras su muerte, cuando de pronto se le escapaba uno de esos arranques, no le importaba enseñar aquel trazo de su carácter como quien luce una joya. Pueden hacerse tan pocas cosas por los muertos... Solo a veces bajaba un poco la guardia y se reía de su propia forma de ser, pero eso únicamente pasaba si alguien la ponía sobre aviso; Biel, cuando aún estaban juntos, o una amiga transparente como Laura, que no veía con buenos ojos que Joana fuera tan dura consigo misma y tenía el tacto justo para advertírselo. Joana lo sabía bien, sabía que hay funcionamientos propios de cada uno que no vale la pena intentar justificar, y a menudo le hubiera gustado encontrar la manera de desprenderse de ellos. Tuvo un último pensamiento en relación con los caramelos: el arte tenía la habilidad de embellecer el dolor. Hacer cosas como dejar un montón de caramelos en un rincón de una sala vacía, sin nadie, sin ninguna narrativa, y sin embargo transmitir la sensación de que ese espacio estaba ocupado por una fuerza vital persistente. Ella no veía los caramelos. Veía al amor de la vida de González-Torres yéndose una y otra vez. La presencia de alguien físicamente ausente. Sentía lo mismo cuando, en ocasiones, el sol del atardecer reflejaba los cristales de la ventana sobre la puerta del armario de madera oscura y sobre la pared de al lado pintada de blanco de su dormitorio. El dormitorio que un día había sido de sus padres. Algunos lo llaman la presencia de la ausencia. Las cosas absorbían la luz con una reflectancia suave, se convertían en sombras que se proyectaban sobre la pared generando zonas de claroscuro que alteraban la percepción del espacio y los volúmenes. Como si alguien que no estaba insistiera todavía con la estela de su presencia. El balcón vacío de la mujer asesinada también tenía un reflejo de luz sobre una zona del toldo. El rayo de sol aún destacaba más el contraste con la parte umbrosa. Quizá la vida y la muerte no eran más que un contraste de luz y oscuridad, un grito desesperado por no acabar de desaparecer.

9

Apagó la televisión y suspiró ruidosamente mientras observaba las luces intermitentes que se veían en las ventanas de los bloques vecinos. Personas desconocidas aparecían de repente trajinando algo en sus viviendas. Alguien que se agachaba o que desaparecía en pijama por el pasillo. Un sofá por aquí, la esquina de un mueble por allá, la ropa tendida en un balcón, los trastos de plástico de algún niño en otro. La ciudad solitaria como una colmena de abejas. Era 30 de diciembre. A principios de mes, su hijo pequeño había colocado el árbol de Navidad de plástico en medio del comedor y lo había decorado con personajes de *Star Wars* y luces de colores. Demasiados colores, demasiados muñequitos y demasiado plástico para su gusto, pero aquella decoración era solo una anécdota si ellos se lo pasaban bien con la tontería. Era encantador seguirles la corriente y aprovechar esa mínima muestra de ilusión navideña, tan escasa desde que se habían abierto camino hacia la adolescencia el uno y hacia el mundo adulto el otro. Sin ellos y sus peleas, sin los gritos de euforia después de ganar una partida en la Play, sin sus cuerpos sanos y fuertes entrando y saliendo de las habitaciones, sin el hambre feroz que tenían siempre, sin la montaña rusa de su humor, sin la ropa en el suelo de sus habitaciones, sin los amigos que entraban y salían y atacaban la nevera y llenaban el piso de gritos y risas, la casa se quedaba vacía y costaba encontrarle sentido a ese árbol plantado en medio de su soledad. Echaba de menos las facciones de sus hijos, que iban perdiendo la candidez de la infancia; echaba de menos sus gruñidos y sus juicios. La forma en que hablaban del futuro, hecho de sueños que ellos todavía creían posibles: una furgoneta camper, vivir medio año en el norte, invertir en criptomonedas, dar la vuelta al mundo como un *youtuber* de los muchos que seguían. Atiborrado con figuras de guerreros de galaxias lejanas, el árbol se erigía como el vago recordatorio de algo. En el mundo tan tosco en el que vivían su optimismo resultaba admirable, pensó Joana. Acarició las puntiagudas orejas de plástico verde del maestro Yoda con la vista perdida a lo lejos, en la calle. A continuación desenchufó el árbol de Navidad con desidia y, con la casa a oscuras, se dirigió a la habitación del hijo pequeño para dejar allí un cargador que hacía días que él buscaba y que finalmente había aparecido bajo un cojín del sofá. Lo guardó en el primer cajón del escritorio. Y entonces la vio. Era una libreta de espiral con las tapas un poco gastadas. De su interior sobresalían algunos recortes. La abrió con curiosidad. Eran fotos en blanco y negro muy granulosas arrancadas de alguna revista. Se podían distinguir ovnis volando en un cielo nocturno sobre lo que parecían ser unos campos de trigo; también encontró una postal en color con la imagen de la nebulosa planetaria Ojo de Gato captada por el telescopio espacial Hubble. Así lo especificaba la leyenda que había en el dorso de la postal; no es que ella supiera esas cosas. La cogió y la miró de cerca con la felicidad de saber que su hijo se interesaba por el cosmos. Nunca le contaba casi nada, y Joana tendía a pensar que ese silencio siempre tenía que ver con alguna fechoría que intentaba esconder, con un mal comportamiento en clase o, sin ir más lejos, con la antipatía que creía despertarle últimamente como madre. Ese rudo desinterés que parecía haber adoptado desde hacía unos meses. Sobre la negrura absoluta del universo refulgía una forma espectacular hecha de once anillos de colores cambiantes que iban del azul al naranja a medida que atrapaban las enrevesadas burbujas de gas en el centro. Dejó la postal y centró su atención en la libreta. Había notas sueltas en las hojas. Fechas, coordenadas, las distancias de la Tierra con respecto a los distintos planetas. Reconocía el trazo pequeño y meticuloso de su forma de escribir, que revelaba el carácter introvertido del niño. En una de las páginas, la redacción ocupaba buena parte de la hoja: «La NASA ha decidido nombrar a un director de investigación de fenómenos anómalos que desarrollará y supervisará la implementación de la visión científica de la NASA. Su administrador, Bill Nelson, asegura que llevarán a cabo esta tarea con transparencia y en beneficio de la humanidad». Subrayado en rojo, el hijo había destacado «en beneficio de la humanidad». Pasó la página con mucho cuidado: «Buscamos señales de vida, en el pasado y en el presente. Y está en nuestro ADN explorar y preguntarnos por qué las cosas son como son. Bill Nelson». Debía de haberlo copiado de alguna noticia. Se dio cuenta de que, si bien en un primer momento había pensado que no pasaba nada si lo leía, pues las páginas no parecían contener la redacción de un diario personal, ahora tenía claro que esas notas escritas con tanto esmero y guardadas en un cajón eran la constatación de una intimidad formada por el anhelo de creer y un sentimiento intenso que ella nunca podría suplir. Volvió a dejar la libreta en su sitio con cuidado. Querría haberlo confortado sin decirle nada, preservar su pureza. La imposibilidad de hacerlo la frustró.

Una vez en la cama, escuchó los ruidos del piso, que se sobredimensionaban siempre que estaba sola. Un chirrido agudo llegaba desde el fondo del pasillo. Era de la jaula del hámster, el cual debía de estar rodando como un poseso para llegar a un lugar que no existía, pero también oía todos aquellos otros sonidos, cuyo origen quería pensar que se encontraba en los sistemas de aire caliente y en las cañerías. Se preguntó dónde se habría escondido la persona que había matado a la mujer y si la compañera de piso seguiría viviendo allí, en el lugar donde se había cometido el homicidio. Se imaginó a un hombre asustado escondido en algún cobertizo oscuro en las afueras de la ciudad, o quién sabe si permanecería agazapado en un rincón del cuarto de los contadores de alguna escalera vecina. Asesino era algo en lo que se había convertido tras matar a la mujer, pero en origen no era sino una persona más que podía ir sentado a su lado en el metro o coger la bolsa de rúcula del mismo estante en el supermercado. Justo ahí se concentraba el miedo de Joana: en ese punto en el que todos éramos personas y, de pronto, dejándose llevar por motivos diversos, algunas se convertían en indeseables o asesinos.

Cuando se despertó al día siguiente, fuera todavía estaba oscuro. Se preparó un café. El líquido iba llenando la taza en ese presente que se dibujaba a diario al mismo tiempo que el sonido de fondo de la cafetera. Una vez listo, entre sorbo y sorbo, estuvo dándole vueltas a la cabeza durante un buen rato con el teléfono agarrado; era como tener un arma cargada en las manos. Le rondaban posibles mensajes que enviar a Mateu. Empezó a escribir uno: «Con nuestro particular embrollo con esto de las horas, me adelanto muchísimo, ya lo sé, deseo que tengas una buena entrada de año y ojalá nos veamos pronto sin pantallas de por medio. Un beso». Primero borró «sin pantallas de por medio». Luego lo volvió a leer y borró «y ojalá nos veamos pronto». Hizo chasquear la lengua y finalmente lo borró entero. Después estuvo un rato perdiendo el tiempo con el teléfono. Deslizaba el dedo sobre una imagen detrás de otra sin prestar mucha atención. Cuatrocientos cuarenta y cuatro vuelos de Iberia cancelados por la huelga del personal de tierra, una mujer que enseñaba a maquillarse los ojos de párpados caídos a partir de los cincuenta, un hombre palestino llevando en brazos el cuerpo ensangrentado de su hija muerta, una receta de cocina a base de berenjenas, que decidió archivar, y la alerta de sequía extrema entre anuncios de cava que celebraban la vida y los preparativos de la última noche del año. Pese a que la habían invitado a cenar a un par de casas con gente a la que realmente apreciaba, el hecho de presentarse sola le incomodaba. A su edad, las vidas estaban ya en mayor o menor medida encauzadas, y que tu vida estuviera encauzada equivalía básicamente a tener cubiertas las necesidades afectivas, lo que quería decir no sentirse más sola que los demás durante las fiestas de guardar, que a su vez se correspondía con tener la agenda llena el último día del año. Por lo demás, los amigos que tenía en común con Biel no sabían muy bien cómo arreglárselas con ellos; los veían tan cordiales a pesar de estar separados que se atrevían a organizar las cenas como si nada hubiera pasado, y más de un año se habían encontrado sentados a la misma mesa, los dos solteros, para terminar, con el paso de las horas, como una pareja más del grupo. La cordialidad y el afecto en medio del ambiente festivo provocaban mucha confusión en Joana. Al fin y al cabo, una separación no dejaba de formar parte del propio bagaje de la pareja. Era lo dictado, lo que había que hacer si las cosas se torcían. La resolución socialmente aceptada. Cuando llegaban las bromas de la sobremesa, en la que todo el mundo perdía un poco los papeles, ella prefería inventarse cualquier excusa circunstancial y marcharse antes de que alguien hiciera un comentario desafortunado, y cuando se ponía el abrigo, Biel la saludaba desde lejos con un gesto de resignación, con la actitud de quien cree haber cometido algún error. El vaso de whisky en la mano, las pupilas dilatadas por el alcohol, la excitación y los gritos de los demás mezclados con la música festiva en la sala del fondo, y en el recibidor, lista para marcharse, la madre de sus hijos, que siempre esperaba más de la vida y que era incapaz de definir en qué consistía ese extra que él no había sabido darle.

El año de la cruenta guerra de los niños le pareció adecuado pasar desapercibida. Le pareció adecuado mentir. Le pareció adecuado desaparecer. Sentía que el descarrilamiento se estaba cebando con ella y no le apetecía airear una versión tan poco notable de sí misma. Con todo el día por delante y las dos invitaciones pendientes de respuesta, se le vino encima toda la añoranza de las distendidas cenas con el grupo de amigos en común. Era la añoranza de unos años que habían rayado la perfección. Al menos al principio. Sentirse todavía joven, las conversaciones interminables, los niños con pijama apareciendo en el comedor con cualquier excusa: un diente que se movía, un dolor de barriga que desaparecía en cuanto algún amigo se los sentaba en su regazo. En esa época, todos ya tenían niños. El brazo de Biel sobre el hombro de Joana mientras hablaba asertivo y divertido por encima del revuelo de la mesa para defender lo que fuera y con la otra mano acariciaba distraídamente el pelo de ella o el de algún hijo, de alguno de los dos hijos que habían hecho juntos y que eran sagrados para los dos y lo serían ya para siempre. Le gustaba observarlo hablar. Tenía el poder de atraer las conversaciones. Ella siempre se fijaba en sus labios medio ocultos debajo de la barba cuando les contaba algo a sus amigos. Le recordaba a uno de esos animalitos de los dibujos animados, una ardilla paternal y amigable. Los mismos labios que le besaban los pechos y le mordían el lóbulo de la oreja mientras duró el hechizo químico y hormonal; los mismos labios que, ya avanzada la noche, le susurraban al hijo de turno que ya era hora de irse a la cama. Entonces Biel cogía al niño medio dormido en brazos para llevarlo a la habitación y ella, siguiendo la conversación de los demás, los observaba de reojo mientras se alejaban, con los pies rosados del pequeño rebotando contra el cuerpo más bien corpulento de su padre. Aquello era la estabilidad. Lo sabría más tarde, cuando ya no la tuviera.

En aquellas veladas ella se sentía cansada y feliz al principio, y cansada y más apagada con el paso de los años, pero incluso cuando las cosas ya no iban bien entre ellos mantuvieron las cenas en casa de unos y de otros; la amistad compartida los protegía de vete a saber qué, y lo hacía con la fuerza y el abrigo que solo encuentras en los amigos que te acogen en el calor de su hogar, en medio del olor a tabaco que queda flotando en el aire, entre los restos del corcho del cava que alguien se ha dedicado a desmenuzar sobre el mantel y las lágrimas de cera que han caído fuera del candelabro. Biel como un complemento indisoluble de su persona en medio de todos sus compañeros de vida. El Biel que sorprendía a los invitados con un vino comprado en tal sitio o tal otro y ese queso que traía de Annecy cada vez que viajaba a Francia para visitar a algún cliente. «Re-blochon», les decía separando el nombre del queso en sílabas y contando la misma historia, que todo el mundo recordaba vagamente de otras cenas: los campesinos que cuidaban las vacas de los monasterios de la zona y que debían ordeñar y entregar la leche a los monjes. Por las noches, como el reparto de la leche les parecía injusto, volvían a ordeñar a escondidas al animal, *reblocher*, y con la poca leche que quedaba, muy rica en grasa, los campesinos elaboraban el queso que siglos más tarde dejaría la cocina de esa pareja que se iba desdibujando impregnada del olor penetrante de la leche cruda de vaca. Con los años, le costaba cada vez más identificar la herida concreta que los había llevado a tomar la decisión final de dejarlo. Tal vez los reproches mutuos sobre la incapacidad de responsabilizarse de sus errores, o los sentimientos que utilizaban para echarse las culpas. Quién sabe si, en medio de la osadía que implicaba separarse, ella había considerado que aquello no tenía por qué ser irreversible.

No calculó los daños colaterales: que las cenas y esos amigos que eran la vida misma se disolverían y se irían volviendo incómodos hasta llegar a un punto de no retorno. Tampoco calculó que habría una mujer que no sería ella, con la redondez de una barriga llena de un hijo que tampoco sería el suyo, que acabaría sentada en torno a esas mesas, integrada en los hogares de todos los que habían sido su gente, con un Biel de pelo gris, orgulloso y acariciándole el abdomen. Por eso ese día declinó la propuesta de los amigos en común diciéndoles muy convencida que tenía una cena en casa de una amiga de las del grupo de natación, y mintió a Mamen, del grupo de natación, diciéndole que tenía una cena en casa de los amigos de siempre. Mamen era un par de años más joven que Joana. Vestía pantalones de cuero y sabía encontrar complementos que le otorgaran un halo de *femme fatale*. Botines de tacones infinitos, americanas *oversize*, un corpiño que se abrochaba con cintas cruzadas sobre el pecho. Recurría a menudo a los retoques de estética y había pasado por el quirófano un par de veces. Pechos. Barbilla. La perfección le confería una expresión superficial que no se correspondía con la autenticidad de su persona. Era fiscal y una gran defensora de los derechos de los animales. Una buena amiga. También era la única soltera que le quedaba; había salido bastante con ella durante los primeros años tras la separación. Siempre hablaba de relaciones pasadas y exparejas. No es que no se la tomara en serio, pero Joana ya había perdido la cuenta de tantos hombres y encuentros sexuales. No podías atrapar su ritmo ni seguirla en su devoción por la eterna juventud, pero era divertida, generosa, alocada y apasionada, y hacía que quienes orbitaban a su alrededor olvidaran los matices grises. Con Mamen ya había salido alguna Nochevieja, y se había sentido como pez fuera del agua en la Sala Bikini o en Luz de Gas, rodeada de gente muy joven y de gente no tan joven espoleada por la convicción de que sí que lo eran. Mamen. Siempre tenía un amigo de un amigo para presentarle, y Joana terminaba agobiada hablando con hombres perfumados, animales de discoteca que no le generaban el más mínimo interés, que se le acercaban mucho con la excusa de la música alta y que, al rechazarlos, la miraban ofendidos desde un rincón de la barra. Todo aquello la aturdía y la agotaba. Pereza. Debía de haber una manera de pasárselo bien sin tener que ir sorteando hombres. Se negaba a dejarse convencer una vez más, así que, consciente de su incapacidad para repartir negativas sin más, decidió que para deshacerse de compromisos que no iban con ella la mentira era la mejor opción. Sabía que a esas alturas de la vida lo mejor era decir la verdad y no pensar en las consecuencias, pero la verdad era un caballo salvaje que ella no tenía domado. Mintió sin arrepentimiento. Por primera vez en la vida pasó la última noche del año abandonada a sí misma en las habitaciones vacías de su piso y, pese a la extraordinaria cena que se preparó y el vino que le recomendaron en la tienda de vinos, la retirada estratégica no funcionó y escuchó cómo la soledad reventaba la puerta de su casa y entraba con aire triunfal, amenazando con ser solo la primera de muchas otras veces si ella no ponía remedio. Adormilada, se levantó de golpe del sofá sobre las dos de la madrugada. El corazón le latía con fuerza. Le pareció que tenía arritmias, aunque nunca había tenido y no podía estar segura. Tal vez debería pedirle hora a la médica de cabecera. Pero era una mujer con una cara pálida y evasiva que siempre que ella le había hecho una consulta, la había mirado con escepticismo y le había respondido del mismo modo: «Cosas de la edad». No la pesaba, no le palpaba allí donde ella decía tener la molestia y raramente la miraba a los ojos. Salía de la consulta con sentimiento de culpa por haberle hecho perder el tiempo. Por el culo de vino que quedaba en la botella era evidente que había bebido demasiado. La cabeza le daba vueltas. Intentó mover el cuerpo al ritmo de la música que llegaba desde la televisión. Era el tipo de música festiva sin demasiada personalidad que debía de estar sonando en todas partes. El teléfono empezó a hacer sonidos de campanilla. Era una serie de fotos de Mamen con toda la pompa protocolaria: antifaz, sombrero de papel y plumas lilas alrededor del cuello. Estaba morena todo el año y lucía brazos de escaladora, pero lo que una deseaba era su descaro y la forma que tenía de apurar cada día como si fuera el último. Aquella energía. La vida al descubierto. Joana se frotó brevemente el corazón y se esforzó por no caer en ninguna neurosis que la llevara a pensar en alguna enfermedad. Se echó a reír. «Sería una manera muy estúpida de empezar el año morir de un ataque al corazón aquí sola.» Tomó aire y se dijo que nunca más volvería a pasar una noche como aquella lejos de los amigos. Levantó los brazos hacia el cielo y contoneó las caderas en un supuesto compás obligándose a bailar. Se quedó ahí de pie mirando la tele y moviendo el cuerpo con una sonrisa en la cara como si quisiera convencerse de que estaba a gusto. Finalmente desistió. Era como bailar de noche al borde de un acantilado. Saberse en el mismo lugar yermo que el año anterior: eso sí que daba miedo, mucho más miedo que cualquier diagnóstico médico.

Se quedó dormida en el sofá. Me gustaría protegerla de la imagen que evocaba, pero ya os la debéis imaginar. Echada boca abajo, con el pelo revuelto y la mejilla derecha deformada por los cojines mal colocados. La boca entreabierta y los pensamientos que la atormentaban fijos en el surco del entrecejo. Fuera estaba oscuro cuando vibró el móvil bajo la manta. Ella hizo una especie de sonido, un gemido que concordaba con su estado. Lo cogió a tientas. Eran las seis y cinco de la mañana. Con dificultades, pero de una forma ya absolutamente integrada en ella, restó las seis horas. Primero lo vio borroso, pero pese a los trazos poco concretos podía distinguir su nombre. «Mateu. Mensaje de voz.» Se incorporó y se espabiló de golpe.

«Joana, espero no haberte despertado. Solo quería desearte una buena entrada de año y decirte que..., que estos últimos días que no hemos hablado, pues que yo, pues eso, que lo he echado de menos.»

Uno, dos, tres segundos llenos de un griterío que venía del fondo, de la vida de la calle en una Nochevieja. «*Mat, c'mon!*» Una voz de mujer tras su silencio y, a continuación, risas de al menos otras dos o tres personas situadas muy cerca de él. «Perdona el jaleo.» Rio un momento, pero no hacia el teléfono. Reía dirigiéndose a los demás. «Lo estamos celebrando con los amigos en Nueva York, *you know*. Y nada, que no sé muy bien cómo decirte que desde que no te encontré aquel día en el museo pienso en que tendría que haberte encontrado, bueno, que tendríamos que habernos encontrado, y que me he quedado con las ganas de verte. Las llamadas están bien, pero..., bueno, nada, que escucha, pensaba que... La cuestión es que me voy de gira por el oeste de Estados Unidos dentro de un par de días. Estaré fuera algún tiempo, será bonito, en tres ciudades toco con orquestas filarmónicas y en los pueblos pequeños lo hago en solitario. Me gustaría que algún día...» El sonido estridente de un matasuegras muy cerca. «Perdona, esto de aquí es una locura.» La voz de un hombre y una mujer gritando *Happy New Year* encima de Mateu. Bocinas, música, gritos, más matasuegras. «Joana, tengo que dejarte. Espero que estés bien, y nada, que estaré lejos y *on the road*, pero llámame cuando quieras, cuando tengas ganas. ¡Ah, por cierto! Ayer pasé la tarde en el Metropolitan. Quería conocer a Lluïsa Vidal. ¡No sabía que el cuadro era tan pequeño! Me acerqué tanto que la vigilante de la sala tuvo que pedirme que me alejara un poco. Te la cuidan bien, ya ves. Es fantástica, y mientras la miraba se me escapó la risa. No os parecéis en nada, pero era un poco como tenerte delante. Fue muy emocionante. En fin, espero que todo esté bien... Feliz año, Joana.»

10

Los chicos llegaron a casa envueltos en ese murmullo bajo que siempre arrastraban, hecho de pequeños sonidos, gruñidos y espiraciones audibles que podían traducirse como agotamiento, hambre, sueño o simple desidia. Cada vez que regresaban después de una semana fuera, ella los reconocía como quien de repente encuentra brotes nuevos en una planta. Los miró a través de unos ojos que salían de la penumbra y tenían que acostumbrarse a la luz. Suponía que se debía a que sus edades permeables los iban cambiando con toques casi imperceptibles. Esta vez, en el pequeño era algo más de vello sobre el labio superior, como la pelusa suave y corta que forma el algodón. En el hijo mayor fueron los hombros, que le parecieron más anchos, y la seguridad en el gesto y en la voz cuando colocó la pequeña maleta sobre la cama y la abrió mientras con la otra mano sostenía el móvil y leía un mensaje que le acababan de enviar.

—Papá que lo llames, mamá.

—Ahora lo hago. ¿Pero no piensas felicitarme el año?

A continuación le dio un beso en la mejilla agarrándole de la barbilla. Para su sorpresa, él la abrazó y emitió un suspiro de felicidad al soltarla. Joana le lanzó una mirada sagaz.

—¿Qué?

—¿Qué de qué? ¿Y ese suspiro?

—Nada. Feliz año.

Volvió a sonreír y se le marcaron los hoyuelos en los mofletes, como cuando era pequeño y había hecho alguna travesura. Ella exageró una expresión cómica en el rostro, como si no entendiera muy bien lo que estaba pasando, y después se dirigió a la cocina mientras le decía que pusiese la ropa sucia en la lavadora. Respiró tranquila. Estaban allí. Vivos y hermosos. Suyos.

—¿Queréis desayunar? ¿Alguien quiere un café, un zumo de naranja?

Gritó en dirección a las habitaciones. Tuvo que preguntarlo una segunda vez. Un leve dolor de cabeza y el recuerdo de la noche pasada: solitaria, fuera de lugar, especialmente penosa. Estaba distraída mirando hacia la ventana con la tostada a medio morder. El móvil en la otra mano. Todavía no había contestado al mensaje de Mateu. También tenía presente que debía llamar al padre de sus hijos. Dejó la tostada en el plato y se alzó el cuello del albornoz. Con el frío en el cuerpo se vio allí, suspendida en medio del tiempo, entre el sueño y la vigilia, pensando en cosas inconexas como le ocurría a menudo: el color de la mermelada de fresa, que le recordó a los materiales hasta ahora desconocidos que habían identificado a partir de las muestras del ábside de Sant Climent y del fragmento de Caín. Habían encontrado minio mezclado con cinabrio, un mineral de color granate compuesto de mercurio y azufre, una mezcla que se usaba sobre todo en los tratados medievales cuando se pintaba sobre madera. Le pareció que la mermelada tenía ese tono exacto. El resto de su atención se centraba en otro pensamiento intuitivo sobre cómo en la naturaleza todo proceso se veía interferido por una casualidad. No era ni siquiera un pensamiento, solo la idea de un pensamiento sobre las casualidades. En todo caso, se trataba de un matiz imposible de comunicar con palabras, y si lo intentaba, aunque fuera solo para sí misma, se desvanecía en la nada. Se le había ocurrido en relación con la manera en que había conocido a esos dos hombres con los que ahora tenía que contactar. El teléfono vibró en su mano. Era Biel. El Biel impaciente, el Biel hiperactivo, el Biel demandante, el Biel que interfería siempre en sus divagaciones.

—Ahora te iba a llamar, perdona. Esta mañana sin falta firmo los papeles, aunque hoy será difícil encontrar un mensajero, pero te prometo que mañana...

—Joana, no te llamo por los papeles —la interrumpió él.

—Ah, ¿no? —Una esperanza muerta nada más nacer asomó a su voz—. ¿Qué pasa entonces?

—Nada. No pasa nada. Que me hago viejo, pasa. —Hizo una pequeña pausa y después le ordenó contento—: Oye, saca tu apretada agenda y resérvate la tarde y la noche del veintiocho de abril.

—¿Qué estás tramando? Dime que no te estás organizando tú tu propia fiesta de los cincuenta,

Biel, por favor. ¡Le arruinarás el plan a todo el grupo, que seguro que ya lo tienen todo previsto! —exclamó con la agradable sensación de estar abrazada a un lugar conocido. Se soltó el pelo que llevaba recogido y se lo recolocó echando la cabeza un poco hacia atrás.

—Ya sabes cómo odio las sorpresas. Casi todo el mundo me ha confirmado su asistencia. Me haría mucha ilusión que vinieras.

Ella no le dijo ni que sí ni que no. Le preguntó por los detalles del cumpleaños. Lo notaba ilusionado, no tanto por la celebración sino por la vida misma. Pensaba en lo bien que lo había sabido hacer Biel y en la certeza de que nunca nadie salva a nadie, que nos salvamos nosotros mismos, solos. Estaba convencida de ello. Estuvieron hablando durante un buen rato amparados por su amor, que a pesar de no haberlo sabido cultivar bajo un mismo techo, habían logrado hacerlo envejecer como un buen vino. Apretó con fuerza el cuello del albornoz con la mano que tenía libre y le preguntó por Clara. Se sorprendió cuando él le informó de los meses de embarazo. El tiempo hacía cosas como esa, era vasto y pasaba lento para quienes como ella llevaban una buena temporada a remolque de la memoria, pero se mostraba vigoroso y efímero para quien se aferraba fuerte al presente, como ese embrión agarrado a la pared interna de la matriz dispuesto a crecer sin cesar.

—¿Qué me dices, entonces? ¿Vas a venir o no?

—¿A tu fiesta? Sí, iré...

Alargó mucho la última vocal fingiendo hartazgo.

—¡Fantástico! Por cierto, no quiero ningún regalo, ¿vale? Que te conozco.

—¿Estás seguro?

—Segurísimo.

—¡Lástima! Pensaba regalarte los papeles del divorcio firmados y con unas gotitas de mi perfume, pero si no quieres nada, lo dejamos correr, no te preocupes.

Biel soltó una carcajada ruidosa y cuando dejó de reír Joana deseó que a él se le escapara un te quiero involuntario, un me gustas y te añoro, un error en medio de tanta corrección, pero eso no ocurrió. Solo suspiró y le aseguró que estaban dentro de los plazos correctos, que daba igual una semana más o menos. Se despidieron deseándose un feliz año. Hubiera necesitado unos segundos para reponerse, pero no los tuvo. Entró en escena el hijo pequeño preguntando si podía dar un poco de galleta Oreo a Zelenski.

—Quiero hacer una prueba y calcular a qué velocidad gira la rueda cuando come azúcar y a qué velocidad la gira cuando come pienso del suyo.

—¡Olvídate, lo matarás!

—Solo es polvo de Oreo, mamá, he chafado un pedacito muy pequeño de la parte de encima de la galleta. No le va a pasar nada.

No sabía si reír o llorar. La fiesta de cumpleaños. Que la hubiese invitado era una idea absurda y al mismo tiempo tenía todo el sentido del mundo. Intentó bromear con su hijo para sacarle de la cabeza la idea de la galleta. Mientras recogía las cosas del desayuno con el rebote de fondo del chico por haberle arruinado el estudio, convirtió en una prioridad firmar los papeles. Eran como un rumor que no sabía rebatir. Por mucho que se esforzara, parecía que la vida no se dejaba tratar a la ligera.

Enero. El engranaje de los días que retoma el ritmo tras el parón de las vacaciones de Navidad. Despertadores, cafeteras, duchas rápidas y noticias en la radio. Un día frío. La lluvia que se niega a caer. Jersey de cuello alto, el abrigo azul marino de lana comprado en el año 78 que había pertenecido a su madre. Un clásico de fondo de armario que Joana llevaba encima como un abrazo. Un poco de pintalabios, una pizca en las mejillas frente al espejo del recibidor. Salía de casa a toda prisa a primera hora de la mañana cuando su hijo mayor le tiró de la manga y le pidió que esperara un segundo.

—Cariño, voy a perder el autobús. ¿No vas a la facultad?

—Hoy tenemos clase online.

Ella puso los ojos en blanco.

—Vendrá una amiga a comer.

—Ah, fantástico. Hay restos de estos días en la nevera, coged lo que queráis. Tengo que irme, amor.

—Mamá, espera.

Cuando volvió a mirarlo se dio cuenta de que el chico no sabía por dónde empezar. De repente, él le plantó la pantalla del móvil frente a los ojos. Aparecía la imagen de una chica con el pelo fino teñido de un rosa descolorido. Un rostro angelical. Los ojos muy azules, bondadosos, maquillados. Un pequeño *piercing* en la nariz. La piel clara. Las cejas casi inexistentes.

—Es Anika. La del bar de Gràcia. Es finlandesa.

Joana pensaba en el autobús. No sabía de quién le hablaba, pero no quería preguntar. Si se alargaba un minuto más, lo perdería.

—Creo que me he enamorado.

Definitivamente lo perdería. Hurgó en el bolso para comprobar que llevaba las llaves del coche y cerró la puerta de nuevo. La noticia le había pillado por sorpresa. Sonrió para disimular la pequeña decepción que había sentido. Le gustaba que a él le gustaran los chicos. Así había sido siempre.

—Pero, cariño..., ¿no se supone que a ti te van los chicos?

Esta también era ella, alguien que lanzaba cuerdas a las que los demás podían agarrarse y encontrar comprensión cuando lo necesitaban. No era que se opusiera a la necesidad de su hijo de no navegar bajo la bandera de ninguna identidad sexual. Era solo que ella se aferraba a las circunstancias conocidas. Los cambios hacían que perdiera el control sobre lo que ya daba por seguro. Aun así, siempre procuraba adaptarse a las novedades aunque no formaran parte de su propio relato. A veces tenía la impresión de que nada de todo aquello que tanto estaba cambiando le pertenecía, pero creía que era importante estar en sintonía con el mundo, acomodarse a él.

—Sí, no sé. También, supongo. —Su hijo se encogió de hombros—. Pero nunca antes había sentido algo así por nadie. Llevamos unas semanas viéndonos. Nos gustaría ir a Finlandia en verano. Estaría bien presentártela algún día.

Eran las ocho de la mañana. Joana tomó aire para asimilar tanta información y estar a la altura. Era consciente de que nunca sabemos por qué cosas de las muchas que decimos nos recordarán los demás en el futuro. Sin embargo, no se le ocurría nada suficientemente significativo. Aún notaba el sueño pegado a los ojos, el pensamiento adormilado. Le apartó el pelo de la frente peinándolo con los dedos. Tenía que levantar la mano para hacerlo. El chico llevaba unos bóxeres holgados y una camiseta de manga corta con la foto de Alex Turner.

—Vas a coger frío... Venid un día al museo y os hago una visita privada, ¿vale?

No era eso lo que quería decirle. En realidad intentaba expresarle gratitud por querer compartirlo con ella, y porque al hacerlo le había hecho sentir una vaga sensación de completitud. Los hijos eran la oportunidad de revivir sensaciones que quedaron enterradas en el pasado; este era uno de los detalles importantes que nadie le había explicado sobre el tener hijos, y de hecho agradecía la libertad de poder descubrirlo por ella misma. En general le irritaba mucho que le dijeran lo que tenía que sentir. Ellos se hacían mayores a golpe de novedad, y cada vez que ella lo presenciaba a través de un inciso, su memoria se afinaba y se hacía concisa hasta reconocer la insolencia de la juventud y los fuegos artificiales de las primeras veces. Más tarde, cuando reflexionara sobre ello, la confesión del chico le haría rememorar la vida alborozada, los nervios y la ilusión, aquella euforia que te animaba a ser capaz de todo, y la indescriptible y necesaria anomalía de no poder captar todavía la fotografía completa de la vida.

—Es que no sé qué decirte. Si tú estás bien, yo soy feliz, de verdad. ¿Cómo la has conocido?

—Pues porque me abrió.

—¿Te abrió? ¿El corazón?

—Mamá, por favor. ¡Me abrió en Instagram!

Fingió que le estaba tomando el pelo. No podía soportar sentirse obsoleta.

—Tienes dieciocho años. No bajes la guardia con los estudios y pásalo bien con esta chica, y también en general, pásatelo muy bien. ¡Eres joven y libre y te envidio mucho! —Hizo una pausa para cambiar el tono y ponerse más autoritaria—. Y búscate un trabajo de una puñetera vez, lo digo en serio. Pasear al perro de la vecina del cuarto ya no cuenta. Es la última cuota del gimnasio que te pago, ¿me oyes?

Su afecto era generoso. Él sonrió, pícaro. Se le veía exultante. La felicidad cristalina de un hijo es el aliento de tantas cosas para quien le ha empujado a la vida... Joana volvió a abrir la puerta e hizo el gesto de marcharse, pero se detuvo de nuevo para señalarlo con un dedo amenazador y poner cara de advertencia.

—Y no te diré nada diferente a todo lo que te he dicho siempre con los chicos: siempre protección y, por encima de todo, trátala bien, por lo que más quieras. Ah, y recuerda que por mucho que se empeñen en decirte lo contrario, el amor es importante.

—Nadie me dice lo contrario, mamá.

Se quedó pensativa durante unos segundos. Y puso

la excusa de que llegaba tarde para huir corriendo de casa y de la trampa que ella misma se había tendido.

Conducía pensando en la situación de su hijo. Confiaba en que él sabría entender las prioridades ávidamente, escoger a las personas adecuadas. Pudo circular sin problemas por unas cuantas calles, pero Barcelona se había convertido en una ratonera por culpa de las obras, y el tráfico enseguida empezó a ralentizarse. Joana era alguien clarividente a la hora de entender las decisiones que tomaban los demás, y sin embargo se preguntaba cuál sería la distancia correcta desde donde observar su propio terreno y mover las piezas sin equivocaciones. Su hijo apenas echaba a andar. Para él era incluso necesario equivocarse, pero tenía la sensación de que ella, a lo largo del tiempo, había cometido muchos errores al intentar corregir otros. Encendió la radio para dejar de oír sus pensamientos. Según la información meteorológica, hacía más de dos años que Cataluña no se veía afectada por ningún frente que dejara lluvia de forma general en el territorio, pero los mapas del tiempo prometían la formación de una borrasca mediterránea y la llegada de aire frío a partir de esa misma tarde. Al final no cayó ni una gota, pero a pesar de todo, llegados a ese punto, era importante creer en las promesas. Miró al cielo despejado y resopló parada en el atasco infernal de plaza España. Le dio un golpe insignificante a la bolita de madera que colgaba del retrovisor y que funcionaba como ambientador, y enseguida cambió la emisora por una de sus listas de música. Se puso el último álbum de Mateu, en el que tocaba con un violoncelista checo. El piano y el chelo parecían dialogar con calma. Aún no le había contestado. Habían pasado dos o tres días. Estaba allí, rodeada de rostros sin energía, atrapados dentro de los coches y las furgonetas, retenidos como ella, y de las expresiones concentradas de los transeúntes que, tras el paréntesis navideño, caminaban hacia sus trabajos y obligaciones con la cabeza gacha, las cejas fruncidas, las prisas, mil proyectos bajo los párpados todavía hinchados. Vistos así, con la música de fondo, parecían compartir un comportamiento animal, un mismo comportamiento farragoso ligado al derrotismo que se respiraba por todas partes. Claro que también había todo lo otro, lo que elevaba la vara de la experiencia de vivir: una nueva película, un café perfecto, los jacarandas en flor esparcidos por la ciudad a finales de mayo, la tercera temporada de esa serie que tanto esperaba o el último libro de su autora favorita. Más valía aferrarse con fuerza a la sencillez, pensaba ella. Si la vida era más tangible era gracias a todo eso. El mundo de fuera contrastaba con la melodía armónica que iba acrecentando el ritmo y la emoción y que había sido compuesta por el hombre de la gorra inspirándose en los elementos de la naturaleza. Así se describía en la portada del álbum. Él vivía en un reino donde lo ilusorio se cruzaba con lo real, y ella en cambio se aferraba al mundo físico, donde cada vez le costaba más dejarse llevar por las posibilidades. Además, desde hacía algún tiempo creía haber aceptado las limitaciones de su vida. Hacerlo le parecía un paso hacia la madurez definitiva, y sin embargo, pese a todas las tribulaciones, allí estaba el providencial piano de Mateu poniendo en danza todos los senderos probables de su vida dentro del espacio reducido del coche. Ante aquello, Joana no disponía de ninguna defensa sólida. Era fácil dejarse llevar por el embrujo de la música y creer que entre ella y Mateu se podía consolidar algo. ¿Tenía ella derecho a dejar crecer esa fantasía? Le parecía que quizá era mejor dejarlo todo como estaba para evitar el dolor más tarde. Porque estaba segura de que llegaría, para alguno de los dos. Y algo le decía que quien recibiría sería ella. Con las manos en el volante, absorta y soñadora, la cabeza apoyada contra el reposacabezas del asiento, alguien golpeó con fuerza sobre el capó del coche y la sacó al instante de allí donde se encontraba.

—Señora, ¡por Dios! ¿No ve que acabamos de cortar la avenida? ¿Está dormida o qué? ¡Circule!

Era un hombre con un peto naranja y unos guantes amarillos viejos y sucios que sostenía una señal con una flecha que indicaba la dirección opuesta a la que Joana acababa de tomar avanzando muy lentamente. Levantó la mano y, muerta de vergüenza, pidió perdón al hombre y a los coches de alrededor, que hacían sonar los cláxones con furia. Irritada, apagó la música y maldijo el condenado piano, el coche y la ciudad entera. Un leve temblor en las manos y en las piernas, y la quemazón del susto en el corazón. No dejaba de mascullar en voz alta mientras lanzaba rápidos vistazos al espejo retrovisor. Vio al hombre del peto riéndose con otro que retiraba una valla. ¿Se reían de ella? Fijó la vista en la señal de la flecha que el operario sostenía con desgana. Por alguna razón inarticulada se obligó a creer que la señal era el punto de inflexión de algo en su vida, un cambio de sentido que debía realizar sin vacilar, sin mirar atrás.

Imaginadla esa misma noche después de un día de intenso trabajo. La espalda algo cargada. Estiró los brazos hacia arriba cuando se puso el pijama. Un pequeño crujido para poner los huesos en su sitio. Estuvo un buen rato lavándose la cara y quitándose el rímel con un algodón. Sus hijos ya dormían. Sus cabezas llenas de sueños: cabellos de color rosa para el mayor, galaxias lejanas para el pequeño. Joana recogió del suelo del pasillo un calcetín desparejado de alguno de los chicos. Hizo chasquear la lengua y negó con la cabeza. Lo tiró a la cesta de la ropa sucia y se dirigió a la cocina. Por un momento se vio reflejada en el cristal del microondas con el mismo albornoz de color verde inglés que tenía desde hacía años, un poco desgastado por los codos pero aún tan acogedor, y sin embargo, en la imagen huidiza del cristal, le pareció ver a otra mujer que ya no era ella. El ruido de la calle se había apagado. Las ventanas oscurecidas. Las habitaciones calientes y en silencio. Las fotografías repartidas por todo el piso luciendo en sus marcos. Los rostros sonrientes de amigos y parientes. La fotografía que le había hecho su padre a los dieciséis años subida en el podio y mordiendo la medalla. El filtro azul que había adquirido el papel fotográfico con los años dejaba constancia de una existencia pasada. Los hombros anchos y el cuerpo hecho para competir. Las piernas todavía demasiado enclenques. En los ojos, la alegría de una niña. Añoraba mucho a su padre. Lo recordó con su cámara, que llevaba siempre encima. Recordó lo mucho que a ella le fascinaba todo lo que él sabía de los animales. En la cesta de la fruta, una naranja había empezado a enmohecerse y desprendía un olor penetrante que recordaba al olor del vinagre y la humedad. La cogió y la tiró a la basura. Se acercó al termostato y apagó la calefacción. Se sirvió una copa de vino blanco, confiaba en que algo de alcohol, esta vez sí, la transformara en alguien inmune al drama. Funcionó.

Había leído el convenio muchas veces. El vocabulario legal —gastos asociados a los hijos, régimen de visitas, bienes muebles, etc.— era un lenguaje anestesiado e impermeable. Lo que la confrontaba con unas palabras devastadoras se encontraba antes de la parte de los pactos, donde, tras consignar sus nombres, Biel y Joana manifestaban que se habían casado —el lugar, la fecha— y que de esa unión habían salido dos hijos. El nombre de cada niño. Las fechas y la localidad en la que nacieron. Era como ver en una vitrina los delicados tesoros que habían encontrado juntos. Las grandes ilusiones, las épocas brillantes, la forma en que creían que *Crazy Love* de Van Morrison era su canción. Los padres aún tan vivos, las vacaciones, las comidas y las discusiones inocentes, los viajes en coche los cuatro, las noches de Reyes envolviendo los regalos hasta altas horas de la madrugada, las risas, la forma en que Biel siempre la había mimado. Esa mano tan grande por detrás de la nuca para tocarle el pelo mientras le contaba vete a saber qué. Nunca se le terminaban las anécdotas. También sabía hasta qué punto la memoria era como montar una exposición: seleccionaba y excluía. Inventaba un relato. La memoria decidía lo que se quedaba fuera. Esto último era lo que hacía que adquiriera sentido el lacerante párrafo que venía a continuación, donde se especificaba que en el desarrollo de la vida marital habían surgido desavenencias varias que imposibilitaban el mantenimiento de la vida en común y su normal convivencia. Dio otro sorbo. De todo lo negativo recordaba las sensaciones, no los actos concretos. Apretó los dientes y se llenó de valor. Sacó el capuchón del punta fina y firmó enérgicamente al lado de la rúbrica de Biel, que tenía una B con las panzas muy redondeadas y el punto de la i espontáneo y semiabierto. Metió los papeles en el sobre con la fuerte sensación de que en el epicentro de su presente había algo defectuoso. Y entonces hizo ese gesto que hacen quienes han entendido que deben resignarse ante una situación inevitable. «¿Y ahora qué, Joana?» Recordó a los obreros de la mañana mofándose de su distracción; aquella flecha y ella conduciendo en dirección contraria. Con calma mojó el dedo índice en el vino y lo pasó suavemente por la boca de la copa de cristal dos o tres veces tal y como le había enseñado a hacer su padre de pequeña, hasta que se generó un sonido claro, continuo y resonante similar a un canto. Miró el móvil cargándose sobre el mármol de la cocina y se acercó con cautela. Buscó el último mensaje de

Mateu sin importarle el huso horario. Apretó el micrófono. Hablaba casi entre susurros para que no la oyeran sus hijos. Empezó animada, confesándole a Mateu que había buscado una ubicación intermedia razonable entre Nueva York y Barcelona. Por lo que había visto, teniendo en cuenta la ruta de vuelo directo sobre el Atlántico, sería un lugar cercano a las islas Azores. Hizo algunos comentarios con una coquetería involuntaria que dejaban entrever que hablaba más de geografía emocional que de rutas y coordenadas en un mapa. Se esforzó en incluir en el mensaje algo concreto; quería hablarle de deseo, de las ganas reales de volver a verlo. «Yo también echo de menos nuestras conversaciones.» No era fácil empezar a conversar con alguien y no querer ya dejar de hacerlo. Resultaba emocionante concebir una relación así, como una conversación. Conversaciones erráticas, sinceras, profundas, divertidas. Al recordar las que habían compartido en Tokio, el corazón se le henchía de excitación y le daban ganas de estrenar ropa, de preparar la mesa con cuidado, de poner buena música, de comprarse un pintalabios de algún tono rojizo, de flirtear y de acostarse con él. Sin embargo, el sentimiento no se mostraba así de limpio cuando terminó de grabar el mensaje. Una tímida sombra se había interpuesto entre el deseo y la verdad. Era una buena prueba de que el hombre de la gorra no podía aplacar la tristeza que ella había sentido hacía un momento, mientras firmaba los papeles que ponían punto final a la vida compartida con el padre de sus hijos. «Si me dices un lugar y una fecha, esta vez me aseguraré de encontrarte», había propuesto, más segura de que era una buena frase que de que aunara toda la verdad. No podía hacerse cargo de la energía extenuante que esa noche la envolvía. No dependía de ella. Pulsó enviar. Fuese lo que fuese lo que había aproximado a aquellas dos personas a través de una casualidad juguetona, ahora parecía haberse esfumado. Quizá fuera por el contraste con todo el calor que contenía aquello que acababa de dejar atrás con una firma, quizá no se podían hacer seguidos dos actos tan opuestos: cerrar y abrir a la vez.

11

Las avenidas concurridas, el incesante rugido del tráfico, los trayectos diarios, los rostros anónimos. La belleza de las puestas de sol rosáceas por encima del bullicio. Las estelas de condensación de los aviones trazando mapas efímeros en el cielo. De repente hacía un frío que pelaba, pero por lo general bastaba con un jersey de lana. Algunos bares habían mantenido las terrazas en la calle. Las tiendas estaban llenas y el precio del aceite de oliva disparado. Hombres jóvenes que acababan de superar la treintena, con americana y corbata del H&M y con cara de estar dispuestos a pelearse por su pedazo de pastel, bajaban a fumarse un cigarrillo en los portales de los edificios de oficinas y hablaban de encontrar un nuevo compañero de piso para poder hacer frente al alquiler. De regreso a sus pisos compartidos, se cruzaban con hombres más jóvenes y más envejecidos que arrastraban carros de supermercado llenos hasta arriba de chatarra que trataban de vender a plantas de reciclaje y otros pequeños negocios de dudosa reputación. Los turistas cambiaban la fisonomía histórica de las calles, pero si pasabas por delante de una escuela a media mañana, el griterío de los niños en el patio era el mismo que en cualquier otra época. Era pleno invierno y, sin embargo, las miradas estaban puestas en el verano. El sector turístico temía que las restricciones por la sequía afectaran a las reservas hoteleras. Se quería traer agua desde Francia. Se inauguraban nuevas terminales de cruceros y los agricultores, envalentonados, iniciaban tractoradas para denunciar la subida descontrolada de los costes, la falta de ayudas o el exceso de burocracia. La ciudad se vio invadida por maquinaria agrícola, que entró por la Diagonal y por la Meridiana y fue recibida entre aplausos. «Nuestro final, vuestra hambre» era su sentenciosa consigna. En el museo se iniciaba el cierre y el desmontaje de una exposición temporal que había abordado la condición humana enfrentada a la incertidumbre, las mutaciones, los fracasos y las esperanzas provocados por la Segunda Guerra Mundial y la Guerra Civil española. Llevaba por título «¿Qué humanidad?». La inestabilidad global del momento hacía que todo el mundo saliera de allí con una inquietante sensación de familiaridad. En el exterior se acababa de dejar atrás el año más cálido registrado hasta el momento, pero en las salas de exposición permanente los parámetros climáticos estaban extremadamente controlados y pautados según las necesidades del fondo, el confort humano y el ahorro energético. Algunos museos adquirían un carácter protector que iba más allá del refugio que proporcionaban las obras del pasado. Eran el refugio de un presente personal que por lo general se percibía como demasiado cambiante. Ese mundo incierto y rapaz quedaba fuera. Desde dentro podías reconstruir cualquier relato, implicarte en los debates de la actualidad, repensar el futuro.

Después de la última exposición temporal había que devolver los préstamos, volver a colocar las piezas en su sitio, revisar que todas estuvieran en perfecto estado. Era un miércoles a media mañana. Joana trabajaba entusiasmada desplazándose por las salas de arte moderno con otros tres compañeros. Durante los meses de invierno, las salas solían estar bastante vacías a esa hora. Entre los pocos visitantes, reparó enseguida en un matrimonio mayor que iba avanzando con pasos pequeños y se acercaba a las pinturas con curiosidad. Él llevaba las manos entrelazadas en la espalda. Ella entornaba los ojos detrás de las gafas ante cada cuadro que observaba. Señalaban y comentaban entre susurros algunas obras asintiendo con la cabeza. De vez en cuando, el eco de la sala recogía un fragmento de la voz entrecortada del hombre, que se esforzaba en hablar bajito. Cuando los vio, Joana no pudo evitar sonreír y pensar en sus padres, en las veces que había ido a recibirlos en algún punto del museo cuando, con la excusa de visitar la colección permanente o alguna nueva exposición, la venían a ver a ella en su entorno laboral. Eran tan mayores. Todas sus compañeras los encontraban adorables. Prácticamente en todas las etapas vitales de su hija les había costado expresar con palabras francas el orgullo que sentían por ella, pero las visitas al museo y el rato que pasaban juntos entre aquellas obras de arte que ella conocía tan de cerca fueron una manera de reafirmar los méritos y el legítimo sentimiento de aprecio hacia Joana y hacia todo lo que ella hacía. Aparte del matrimonio mayor, había también una chica extranjera. Llevaba una trenza rubia de espiga que reposaba sobre su espalda. Paseaba entre el mobiliario modernista con movimientos delicados. Los muebles parecían nuevos. Cada semana, sobre todo en primavera, había que revisar bien las obras por si había insectos, pequeñas carcomas. De vez en cuando debían llevar alguna pieza a la cámara de desinsectación. Sacaban el oxígeno de la cámara durante veinticinco días, que es el ciclo vital de una carcoma. Si había nuevas larvas o huevos, morían todos por falta de oxígeno. A Joana siempre le impresionaba bajar al sótano del museo, dejar la belleza atrás y adentrarse en aquel paisaje frío de instalaciones de aire acondicionado y paredes vacías. La presencia de la cámara —una pequeña habitación de acero inoxidable situada al fondo— le parecía inquietante, y aún más la ventana de visualización que permitía monitorizar desde fuera aquel ahogamiento masivo. Siempre le venían a la mente escenas terribles de películas en las que aparecían cámaras herméticas con propósitos y contextos morales muy diferentes.

La chica extranjera era alta e iba bien vestida, el tipo de mujer que Joana hubiera admirado si la hubiese visto en la calle parada frente a un escaparate o leyendo de pie en alguna librería. Estaba ante el *Biombo de los nenúfares* de Frederic Vidal, integrada en el conjunto como una pieza más, lista para ser admirada. Y de repente, resquebrajando aquel mundo de aparente calma perpetua, apareció él, Marc. El andar impulsivo y los brazos un poco desgarbados dentro del uniforme ajustado a su cuerpo fornido. El paso un tanto acelerado y la mirada nerviosa que dirigió hacia donde estaba Joana. Hicieron lo que ambos habían estado haciendo las últimas veces que se habían visto desde lejos: bajar la mirada, dar media vuelta y evitarse. Joana tomó aire y pidió a los compañeros que la disculparan, que siguieran sin ella, que tenía que hacer una llamada urgente. Espoleada por el buen humor y el ánimo con que había estado trabajando hasta hacía un momento, fue a buscar a Marc. Era un asunto delicado que desde el primer día había exigido una respuesta firme, y ella había rehuido hacerlo. Tal vez ya era demasiado tarde, se reprochó, pero no quería ni podía mantener esta incómoda situación indefinidamente. También estaba la cuestión del orgullo. No estaba dispuesta a dejar que su trabajo se viera afectado por distracciones o alteraciones de sus rutinas para no coincidir con el vigilante a solas. Quería sacudirse de encima aquel asunto desafortunado para siempre. Lo encontró en la sala 50, ante el lienzo horizontal e inmenso de Marià Fortuny *La batalla de Tetuán*, que ocupaba todo el panel de la pared. Casi diez metros de largo de pintura por tres de alto. Sus dimensiones abrumaban siempre a los visitantes. La horizontalidad se acoplaba a la vista panorámica que representaba. Le vio hablar distendidamente con una vigilante de sala pequeña y simpática. Miraban algo en el teléfono de él. No había nadie más. Situados frente al inmenso cuadro lleno de figuras humanas en movimiento, parecían dos gigantes saliendo de la obra. Esperó a que acabaran de hablar y, cuando la chica empezó a alejarse de la escena, Joana se acercó con determinación hacia donde se encontraba Marc. No quería pensar demasiado en lo que estaba haciendo porque estaba segura de que entonces los fantasmas se la comerían viva. Gritó su nombre con seriedad y él, que estaba de cara a la pintura buscando algo en el móvil, giró su cuerpo musculado hacia ella y se quedó quieto como un pasmarote con una expresión de susto en el rostro. Joana avanzó hasta situarse delante del lienzo y todo lo que hizo fue observar la pintura en silencio. Parecía imperturbable. Marc la miraba sin saber qué hacer. Permanecieron así unos segundos, hasta que a él se le ocurrió señalar hacia la parte del lienzo que tenían justo en frente y preguntar quién era aquel hombre negro, el que iba vestido con una capa de tonos blancos y rosas, encima de un caballo que cabalgaba hacia el espectador con un séquito de hombres.

—Es Muley Abbas, un príncipe marroquí. Fortuny lo representó huyendo cobardemente del peligro.

Joana no podía creerse que le hubiera respondido. Era la tercera vez que estaba sola delante de aquel hombre inquietante y había vuelto a morder el anzuelo. Como si obedeciera a una especie de dinámica de poder que él ejercía sobre ella y que la empequeñecía hasta unos límites que no podía controlar. Entonces Marc señaló dos figuras uniformadas, una alzando un sable y la otra como de un héroe solitario abatiendo a un marroquí, en la parte superior del cuadro. Parecía que aquello lo divertía, que había entendido que podía sacar algo de ese juego del quién es quién que acababa de sacarse de la manga.

—A este de aquí y a aquel de allá sí que los conozco. Este es el general O'Donnell y ese el general Prim. Haciendo la ronda por la sala he oído contar «su gesta épica que los representa como héroes nacionales» infinidad de veces.

Con una pose cómica, había intentado imitar un tono más erudito, como si fuera el guía en una visita guiada.

—Ser el cobarde que huye o el héroe que gana la batalla depende siempre de quién cuenta la historia. Pero no he venido a hablar del cuadro —sentenció Joana sin dejar de mirar hacia el lienzo.

Se hizo un silencio incómodo entre los dos. Entonces ella tomó aire ruidosamente como si se preparase para decir algo definitivo, pero él se le adelantó.

—Te debo una disculpa, Joana. Eso de aquel día... Pensaba que te apetecería y te lo propuse así sin más.

—Tú y yo no nos conocemos de nada, ¿verdad?

—Mujer, somos compañeros de trabajo...

El aplomo con que lo dijo la desarmó. Hacía lo que podía para mantenerse serena mientras él seguía hablando sin darse cuenta de que no lo había ido a buscar precisamente para hacer las paces.

—Pensé que quizá te gustaría que fuéramos juntos. Solo era un concierto...

—El concierto es lo de menos. Te me acercaste demasiado. Físicamente, quiero decir.

Él la miró con expresión de desconcierto, pero aún con un deje burlón.

—No sé de qué me hablas. ¿Que yo me acerqué a ti? ¿Físicamente?

—Estaba revisando las pinturas de Sant Quirze de Pedret, con la linterna, las vírgenes... Lo recuerdo perfectamente.

Él levantaba las cejas. Iba moviendo el torso sorprendido, echando el cuerpo ligeramente hacia atrás con cada frase que ella añadía a trompicones. Joana trató de explicarse. Tartamudeaba. Se dio cuenta de que nunca había relatado en voz alta aquel episodio inoportuno y, a medida que lo hacía, se le iba diluyendo el recuerdo. Era incapaz de determinar ante sí misma hasta qué punto había sentido la pierna de él junto a la suya. No la había acariciado, eso lo tenía claro. Tampoco la había tocado con las manos. Recordaba sus dedos de uñas mordisqueadas. Le miró las manos tratando de reconocer algo. Sí, tenía las uñas mordidas. Y su voz hablándole al oído. Estaba segura de que le había dicho algo muy cerca. Algo sobre un grupo de turistas jóvenes que habían estado armando jaleo. ¿Tal vez el miedo que sintió en ese momento le hizo percibir lo que no era?

—Me hablaste desde demasiado cerca. Justo aquí —dijo molesta señalándose la oreja.

—Joana, por favor.... El espacio, precisamente ahí, es el que es. Yo nunca me he acercado a ti físicamente con ninguna intención, ni buena ni mala. —Movió los dedos cuando dijo «físicamente» como si colocara el adverbio entre comillas.

Lo primero que ella notó fue una vergüenza turbia y pegajosa, y luego la sacudida en el vientre proveniente de toda la confusión y el recuerdo del sueño que había tenido esa misma noche y que él desconocía. Se había olvidado de todo. Era cierto. Lo único que retenía de una forma definida era un sueño lascivo en el que él aparecía.

—No pasa nada, no le des más vueltas —dijo él viendo la actitud desconcertada de Joana—, lo más probable es que no te dieras cuenta de que con las sonrisas que me lanzabas me estabas dando a entender algo.

Joana intentó discernir si le estaba tomando el pelo o si por el contrario lo que acababa de decir tenía que ponerla aún más en alerta. Le miró a los ojos con rabia. Le pareció reconocer algo pernicioso en ellos que tenía que ver con la forma en que, con pocos minutos de conversación y con la cadencia redentora de la última frase, «no pasa nada, no le des más vueltas», habían cambiado las tornas y ella había dejado de ser la víctima.

—Mira, Marc, hasta aquí hemos llegado. No voy a permitir que niegues que esa tarde viniste a hablarme y que las maneras no fueron demasiado..., no sé, pero no fueron..., no fueron las correctas. ¡Me hiciste sentir muy incómoda!

—De verdad que no entiendo lo que me estás diciendo. ¡Estábamos en un espacio muy reducido! ¿Dónde quieres ir a parar? No querrás ponerme una denuncia de esas, ¿no?

—¿Una denuncia de cuáles?

Las piernas le temblaban. Dio un paso hacia atrás. «Sabe de qué le hablo», se dio cuenta de golpe. «Lo sabe perfectamente.» Puso todos sus esfuerzos en no bajar la guardia, en aguantar el tipo y evitar una reacción demasiado exagerada que pudiera escalar la situación. La tensión le iba haciendo sentir mediocre por momentos.

—Yo soy honrado. Tengo mis cosas, pero jamás se me ocurriría hacerle algo malo a una mujer, si es lo que insinúas.

Marc parecía alterado. Se había ruborizado y la miraba con los ojos vulnerables de quien se siente en peligro. Joana también estaba alterada, fluctuaba entre la firmeza y la fragilidad más absoluta. De pronto, el matrimonio mayor entró en la sala y se fueron acercando hasta sentarse en el banco situado frente al gran lienzo de Fortuny. Se dieron la mano y se quedaron así, contemplando la batalla, ajenos a ese otro encontronazo real que poco a poco se iba convirtiendo en un callejón sin salida. Marc y Joana se retiraron hacia un lado para no entorpecerles la vista. El matrimonio transmitía un estado de serenidad y de paz que contrastaba con su altercado.

—Marc, no busco guerra, pero tampoco soporto que me tomen el pelo. Me intimidaste. Lo dejamos aquí, pero que te quede claro que sé lo que me digo. Si no quieres problemas en el futuro, nunca más vuelvas a hacerme algo así. Nunca más, ¿me oyes?

Le sorprendió la agresividad que contenía su propia voz.

—¿Que no vuelva a hacerte qué? Es que es alucinante... Piensa lo que quieras —añadió finalmente cabizbajo—. Siento mucho que esa sea la idea que tienes de mí por un malentendido. Me gusta mi trabajo. Me gusta mucho trabajar aquí. Me siento muy orgulloso de lo que hago y de cómo lo hago.

Se dirigió a ella con una especie de hostilidad bien educada. Y después, en un tono más vulnerable, añadió:

—Nunca nadie me había tratado así. Nadie me había amenazado de este modo.

La dejó allí plantada y echó a andar hacia la sala de al lado. Lo acompañaba el sonido metálico del tintineo de las llaves chocando unas contra otras. Lo miró de reojo mientras él se alejaba, medio avergonzada de haber dejado a un hombre adulto y casi desconocido expuesto de ese modo, indefenso y con los ojos llenos de ofensa. Le sorprendió lo rápido que había modificado la percepción de lo que era incorrecto. Deseaba decirle que no ponía en duda su profesionalidad, que siempre había valorado mucho la labor del personal de seguridad y que pensaba que eran imprescindibles. ¿Y si él tenía razón? La memoria no deja de ser un relato imperfecto y el miedo valida muchas mentiras, pero, aun así, estaba casi segura de que ese día, a solas, él la había intimidado. Si no, ¿de dónde venía el susto, la confusión? Era todo tan resbaladizo. ¿Le había sonreído ella? Sonreía a menudo como una interacción educada al cruzarse con otras personas en un espacio público como el museo. Era un reflejo casi inconsciente. Con la inquietud de no haberlo resuelto del todo, y con ganas de quitarse de encima ese asunto, corrió tras él hasta alcanzarlo. Lo agarró de la manga del uniforme e hizo que se encarara con ella. Joana tenía la respiración entrecortada.

—Por favor, pasemos página. Olvidémoslo.

Él la miró un buen rato a los ojos con una tensión

peculiar, hasta que poco a poco, como un actor que ensaya maneras distintas de expresar emociones, fue relajando sus extrañas facciones. Murmuró un «de acuerdo» bastante seco. Luego empezó a hablar como si momentos antes no hubiera pasado nada desagradable entre ellos.

—¿Sabes? Siempre que termino mi turno y voy hacia los vestidores y me pongo la ropa de calle, me tomo mi tiempo. Normalmente camino un rato más por aquí antes de salir, y me quedo delante de alguna obra que me guste para llenarme de buen rollo y después llevármelo conmigo ahí afuera. Es que a veces el arte, aquí dentro, no sé, me cansa, prefiero la intimidad para pensar en él. El museo no deja de ser nuestro lugar de trabajo, un lugar lleno de gente. Yo no tengo ninguna titulación relacionada con el arte ni nada parecido, así que todo es muy personal. Tengo una relación personal con el arte, quiero decir, con el arte y el tiempo. ¿No te parece que todo es personal, aquí dentro? Incluso el tiempo. Quiero decir que en cuanto pones los pies en la calle, las cosas cambian.

Joana sabía de qué estaba hablando. Ojalá no estuviera diciendo nada interesante ni le temblaran todavía las piernas. Ojalá no la desconcertara la sonrisa vacilante o el movimiento que hacía él con los ojos, como si estuviera procesando pensamientos que nadie podía comprender. Le parecía que de un momento a otro podía actuar de forma imprevisible, y aun así, le había escuchado atentamente. La simpatía y la antipatía intervenían en igual medida en esa reflexión que él acababa de hacer. Entendía lo que decía. Al compartir con ella un sentimiento ambiguo y profundo que ella no había sabido poner en palabras, él ganaba. La intimidad ante una obra era fundamental para acercarse a ella. Y sí, todo era personal y todo era tiempo. Tanto si eras un visitante como alguien que trabajaba allí a diario, una vez dentro del museo era difícil no percibir una temporalidad personal que iba mucho más allá de la simple contemplación estética o de la narrativa cronológica propuesta en las salas. Joana sabía que, según cómo, el museo se convertía en un lugar que imprimía una característica específica en quien lo transitaba. Fuera todo apuntaba a vivir el momento, a la inmediatez, a la feroz actualidad. Cuando estaba dentro, trabajando, tenía el pasado entre sus manos. O cuando, como cualquier otro visitante, observaba una obra, los tiempos pasados a menudo se vislumbraban como más cercanos que el presente, e incluso la llevaban a pensar en el futuro. Para el verano, estaba prevista una nueva instalación en la sala de pinturas de Sant Climent de Taüll. Se trataba de una obra de Antoni Tàpies, *Jeroglífics*, y un retrato del artista con los ojos cerrados realizado por Pere Formiguera. La espiritualidad y la profundidad con las que Tàpies se acercaba al arte dialogarían con la potencia del arte románico. El contraste entre el presente y el pasado era una forma de exponer las diversas maneras con las que el arte había visto el mundo a lo largo de la historia. Un diálogo similar al que se establecía cuando en el museo se llevaban a cabo *performances* o danzas contemporáneas con bailarines y bailarinas que danzaban en torno a obras de otras épocas. Un futuro arraigado en el pasado y en el presente que deslumbraba a todo el mundo, con el estremecimiento de todo lo que todavía estaba por hacer, de todo lo que todavía era posible. No estábamos habituados a la esperanza. Lo más fácil era proclamar el abismo. Si te parabas a pensarlo, en términos generales tampoco estábamos tan lejos del miedo que pretendían proyectar las escenas del juicio final representadas en los soportales de las iglesias medievales. Cambiaba el canal, pero el miedo era parecido. Un miedo colectivo, impuesto. El arte no cambiaría el mundo, estaba segura de ello, pero sí podía tener un impacto en la forma en que entendemos nuestras realidades más allá de las narrativas oficiales y más comunes. Las certezas e incertezas de un futuro en constante evolución desafiaban siempre al museo y a quienes lo visitaban. Tratar con ellas, pensarlas e intentar entenderlas iba más allá de cualquier temporalidad.

Ella asintió. Lo comprendía. No quiso darle explicaciones ni compartir su emoción ante todo lo que él había expuesto. No quería mostrarse abierta ni simpática, ni que pensara que todo lo que le acababa de decir resolvía su desmán inocuamente. Todo lo que necesitaba era seguir haciendo su trabajo en el museo sin ninguna tensión externa. Quería su vida de antes. Se limitó a hacer un leve movimiento con la cabeza, para reafirmar el pacto entre ambos y no ponérselo en contra. Le deseó una buena semana y volvió sobre sus pasos para regresar al trabajo. Pensó que antes de comer iría a buscar a Laura al laboratorio y le contaría todo desde el principio. Hubiera gritado, hubiera preguntado a alguien si había visto lo que acababa de pasar, pero se dijo que ya tenía suficiente. Cuando volvió a pasar por la sala donde se exponía *La batalla de Tetuán*, el matrimonio mayor ya no estaba. Se dio cuenta de lo mucho que hubiera agradecido encontrarlos aún sentados en el banco sumidos en su quietud. Decidió sentarse ella, pasando la mano por encima del cuero. Contempló la pintura. Era fácil sumergirse en los lumínicos contrastes africanos. Las estadísticas constatan que la media de tiempo de observación de una obra en cualquier museo es por lo general de dos o tres segundos; los más entregados pueden alargarlo hasta uno o dos minutos. Era una lástima porque, si te quedabas un poco más delante de una obra, si te concentrabas y pasabas allí tiempo real, la relación con ella cambiaba completamente. El dibujo ágil, esbozado y basado en la mancha de color que Fortuny había intentado terminar hacía más de un siglo tomaba vida alrededor de Joana. El polvo que levantaban los caballos difuminaba la imagen. Podía oír el relinchar de los animales asustados y el sonido metálico de los sables blandidos al aire mezclados con los gritos de los hombres, las botas de los jóvenes que formaban parte del batallón de voluntarios catalanes abriéndose paso entre las líneas enemigas, los bramidos de los heridos pidiendo ayuda, y a la izquierda, en medio de los civiles, la figura de la mujer judía que parecía huir a toda prisa con dos bebés en brazos. La de esa mujer era una figura inacabada, como tantas otras partes que Fortuny no había querido terminar sobrepasado por la magnitud del encargo. Entendía la decisión del pintor. A veces simplemente te dabas cuenta de que no tenía ningún sentido querer abarcarlo todo. Otras simplemente no podías asumir las dimensiones de la vida.

Cuando se levantó para volver con sus compañeros se dio cuenta de que el encuentro con Marc la había dejado exhausta, con la misma debilidad en el cuerpo que se siente después de un estado febril. Todavía desconocía que le costaría semanas poder pasar junto al personal de seguridad y no sentir un escalofrío antes de comprobar que él no estaba. Pero Marc ya nunca más volvería al trabajo. Quien gestionaba la contratación del personal de seguridad era una empresa externa, y ella no supo cómo indagar lo que había pasado. El hombre se había esfumado, y con él la molestia. Para Joana, ese episodio quedaría para siempre como una mácula, como un puñado de ideas intrusivas que de vez en cuando regresarían de forma repentina y vergonzosa. No podía evitar pensar que la desaparición de él tenía algo que ver con el cara a cara que habían mantenido aquella mañana. Sentía un atisbo de culpa que solo con el tiempo corregiría y acabaría olvidando, pero antes de que eso pasara, se preguntaría muchas veces hasta qué punto su percepción de la actitud que el vigilante había tenido con ella estaba influida por todo el proceso de concienciación sobre comportamientos como el de Marc que desde hacía unos años se había instalado en la sociedad. Tal vez esa presión había hecho que ella quisiera amoldarse al discurso imperante y así, de algún modo, dar algo de sentido a la incómoda experiencia que había vivido con él. ¿Cómo tener la certeza de que había sido así? Nunca preguntó nada a nadie. Tampoco llegó a contárselo a Laura, quien con su determinación y sus opiniones contundentes le hubiera podido servir de muleta. Con silencio y perseverancia restableció el orden que necesitaba. De alguna forma, sentía que estaba fallando a todas las mujeres por no haberlo compartido. No estaba del todo convencida de que aquella fuese la mejor manera de resolverlo, pero quería y necesitaba sentir las cosas por ella misma, y al menos en eso, le parecía que se las había arreglado satisfactoriamente.

12

El control. Era fantástico verla. Proyectaba fuerza y gracia en cada brazada. El impulso rítmico de su cuerpo esbelto cortando el agua era la imagen de la determinación. Toda la vida habían manejado la conversación de ese modo: ella empujaba y el agua se ondulaba a su alrededor como respuesta. Sentía que la complicidad que tenía con el agua y la seguridad con la que se movía en ella eran algo solo suyo. Haber tenido durante unos años un entrenador que vigilaba de cerca su forma física y haber contado con compañeras de equipo que la mantenían motivada había sido reconfortante, pero nadar competitivamente dejó de interesarle al cumplir los dieciocho, cuando la vida académica, y también la vida en términos más generales, la cautivaron más que la competición, con su alta carga de entrenamiento y las resistencias en el entorno federativo a combinar la carrera deportiva con cualquier otra cosa que no fuera conseguir el máximo rendimiento. Para Joana, retirarse del agua no fue complicado en el plano emocional, como sí solía serlo para la mayoría de los nadadores de élite. Al fin y al cabo ella no lo era, y tampoco destacaba especialmente. Era solo una buena nadadora con alguna marca notable que se había plantado en la fase de desarrollo de una trayectoria deportiva profesional. Retirarse de forma voluntaria y planificada le proporcionó una sensación de control que la satisfizo más que otras muchas decisiones que tomó más tarde en la vida. No hubo ninguna conciencia de fracaso porque nunca había habido ninguna conciencia de triunfo absoluto, y con los años, la natación acabó convirtiéndose en una sana necesidad y en un placer. Un placer imprescindible.

En cuanto llegó al final de la calle se impulsó en la pared para propulsarse de nuevo en el agua. Pensaba en Mateu de forma deliberada y profunda. Era meticulosa con los recuerdos. Necesitaba fijarlo todo en la memoria. También los pequeños detalles inapreciables. La manera en que lo había encontrado hacía poco menos de una semana, sentado en uno de los sofás del vestíbulo del museo, con la gorra en la mano y el abrigo cuidadosamente doblado sobre el respaldo del asiento. La mirada impaciente, el cuerpo ligeramente inclinado hacia delante, como un atleta esperando el pistoletazo de salida. Era el mismo hombre de Japón, más real incluso que el hombre con el que había estado hablando últimamente a través de la pantalla. Hacía una semana de eso. Se levantó de golpe cuando la tuvo delante y esperó con precaución a que Joana hiciese o dijese algo. Finalmente ella le dedicó una expresión traviesa que constataba la aceptación de esa especie de juego del escondite, un juego que venía de lejos y que parecía sellar los cimientos del vínculo que compartían. Dentro del agua, Joana sonrió al pensar en ello, y al mismo tiempo le pareció deprimente porque dejaba a las claras lo que ya sentía que le faltaba. Primero no se dijeron nada, únicamente algo con la mirada. Parecían estar revisando espacios solo suyos que los demás no podíamos ver. Comprobaban que todo estuviera en orden. Se otorgaban permiso, se estaban autorizando la suerte de coincidir de nuevo. Él rompió el silencio diciendo con su voz grave y algo ronca: «Esta vez te he encontrado». La satisfacción en su rostro y a continuación el abrazo. Un abrazo que salió de él. Y Joana ceñida entre sus brazos y paralizada, intentando entender que todo aquello estaba pasando de verdad. Pero enseguida el olfato y el tacto de pequeñas parcelas de piel en las zonas sin ropa de Mateu —la cara, la nuca, la mano— la hicieron estremecerse y aferrarse al convencimiento de que aquello era justamente lo que quería. Que era aquello lo que echaba de menos. El afecto. La gentileza. Aquel hombre en particular. Se abandonó entre sus brazos y lo tocó como si quisiera cerciorarse de que estaba allí. «Vivimos tiempos extraños. Ya nadie viene de lejos para sorprender a nadie.» Lo había dicho la vecina de Mateu unos meses atrás posando la mano sobre su muñeca. Pero ahora él estaba allí, con la misma presencia magnética con que lo recordaba en Japón, activando un montón de secuelas dormidas, invitándola a entrar en un abrazo que desbarataba aquella sentencia y que no dejaba espacio a la posibilidad de que ocurriese algo que se opusiese a lo que ambos deseaban.

Encontrarse de nuevo. Aunque no se lo dijeron en ese momento, por dentro cada uno se esforzaba en no escuchar demasiado las dudas sobre lo que pasaría más allá del abrazo, en los días que vendrían, y más aún sobre lo que pasaría después, separados de nuevo quién sabe hasta cuándo, si es que había otro cuándo. Tenían, sin embargo, la precisión de ese instante. Deseaban el reencuentro y ahora lo tenían. Que pareciera que no podía ser no quería decir que no fuera posible.

—¿Tienes algo que hacer ahora? —preguntó Joana todavía en estado de *shock*.

Él se encogió de hombros y, riendo, la señaló con la mano.

Cuando un rato antes la habían avisado desde recepción de que un tal Mateu preguntaba por ella, estaba en el despacho con un historiador del arte con el que habían quedado para hablar de un posible Nonell que debían ir a ver a finales de mes a casa de un coleccionista de Madrid. Siempre era emocionante la expectativa de una nueva obra de este pintor, al que ella admiraba profundamente. Nonell se interesaba por la gente de la calle, por los más humildes y marginados de la sociedad. Los dibujaba para denunciar las condiciones de pobreza de la ciudad sin dejar de lado la búsqueda constante de nuevas formas de representar la figura humana y trascender los límites convencionales del retrato. Joana consideraba que los dotaba de una intensidad emocional única. Los colores oscuros, los verdes, los rojos de las gitanas, las pequeñas pinceladas vermiculares. Todo eso estaba bullendo en su cabeza y, de repente, a través del teléfono, el sobresalto, la irrupción de ese cambio tangible en el entramado de su día a día. «Un tal Mateu en recepción. Dice que no habíais quedado.» El nombre de Mateu pronunciado en boca de otro, el nombre de Mateu cerca y sin pedir permiso. La punzada en el estómago había sido exagerada, y aun así lo hizo esperar hasta que hubo terminado el trabajo con el historiador del arte y fue su hora oficial de salir. Recogió las cosas y, ya con el bolso colgado del hombro, se tomó su tiempo y retocó innecesariamente el orden de la mesa del despacho: colocó el marco de fotos con sus dos hijos unos milímetros más hacia la izquierda, puso recto el clip que sujetaba los papeles que Laura le había entregado con el presupuesto del nuevo microscopio y modificó ligeramente la inclinación de la pantalla del ordenador. Un margen de tiempo necesario para frustrar la intención de huir corriendo por el miedo intimidatorio a lo desconocido. No habían vuelto a decirse nada más desde los mensajes de Año Nuevo y Joana no era una persona acostumbrada a las sorpresas. Le gustaba anticiparse a las cosas. Además, era intuitiva y se decía que debería haber percibido una circunstancia tan irregular como que él viniera de lejos sin avisarla. El caso es que no había notado nada, solo la angustia de los primeros días de no recibir respuesta, las dudas de si valía la pena insistir, volver a escribirle, llamarle de nuevo. Con el paso de los días y ese silencio estrepitoso, había dado a Mateu por perdido, había querido convencerse de que la conversación entre ellos había tocado fondo. Se había resignado pensando que para un alma libre como la de él, los silencios prolongados debían de ser el pan de cada día. Había leído una entrevista en la que el periodista le preguntaba a Mateu cómo hacía para dejar entrar lo salvaje en la música, y él respondía que a menudo necesitaba estar lejos de casa para evitar la presión y el miedo de la partitura en blanco. Añadía que hoy en día podía resultar muy difícil tomarse el tiempo suficiente para saber dónde uno se encontraba. «Y dado que usted viaja tanto, ¿cree que lo que intenta buscar en la música es su propia casa?» «No —respondía Mateu—, yo sé muy bien dónde está mi casa y necesito mucho estar en ella. Vivo en un lugar pequeño que puede llegar a ser infinito.» De un hombre así no podía esperar ni limitaciones ni rutinas establecidas. Joana siempre había aceptado a las personas que apreciaba tal y como eran, así que no se trataba de rencor. Era tan simple como que a esas alturas de la vida no estaba dispuesta a convertirse en alguien que espera, pues la espera solo podía procurarle una sensación de sumisión por la que no estaba dispuesta a pasar. También entraba en juego lo que ella no podía ver por sí misma, pero que desde fuera, si la conocías un poco, resultaba evidente: el escudo que últimamente se colocaba para protegerse de cualquier desilusión.

Nadaba con la respiración sincronizada con el movimiento del agua y sentía la presión de la goma de las gafas en las sienes por encima del gorro de baño. Le gustaba esa presión, era una forma de retener los pensamientos de los últimos días. Estaba de acuerdo en que podías dejar marchar a alguien por respeto y cariño, pero no le parecía apropiado no aferrarse a unos recuerdos que, al fin y al cabo, eran lo único que daba sentido al impacto de su ausencia. Ese sufrimiento que la inundaba desde que él se había ido. No todo el rato, solo aparecía de vez en cuando, pero con la fuerza de una ola capaz de hacer que se tambaleara. Efectuó un giro perfecto sintiendo su propia potencia, la velocidad. A cada movimiento dentro del agua, un recuerdo como un fotograma. La tarde que fue a buscarla al museo, antes de ir a ningún otro sitio, en medio del batiburrillo de la gente del vestíbulo, ella le había querido mostrar los trabajos que se estaban llevando a cabo en las columnas del conjunto de Sant Joan de Boí. Pensaba que a él le gustaría ver cómo lo estaban restaurando. El proyecto era para ella tan apasionante que contagiaba su entusiasmo a todo el mundo. Se situaron detrás de los focos de luz que iluminaban los pilares, donde estaban trabajando muy concentradas dos compañeras conservadoras-restauradoras, ambas de pie sobre unos escalones de madera, con batas blancas, guantes azules de látex y las manos ocupadas con los pequeños utensilios que empleaban para limpiar. Se volvieron hacia Joana y Mateu y saludaron alegremente. «Un amigo.» Joana lo presentó así y sintió que se sonrojaba.

Pese al cansancio del viaje y lo extraño que resultaba pasar del bullicio de una terminal de aeropuerto al parloteo de un taxista y, de ahí, al silencio de una sala que le transportaba a un mundo antiguo y lejano, Mateu parecía entusiasmado con la operación que tenían montada. Lo cierto es que se hubiera sentido igual de exultante en cualquier otro sitio. Ilusionado, despreocupado, tranquilo ahora que la tenía a ella a su lado. Joana le explicaba que los trabajos se alargarían bastante porque habría que modificar la forma de los pilares sobre los que iban los frescos, restaurar fragmentos y cambiar uno de los que ya estaba expuesto, situándolo más abajo. Había explicado aquello muchas veces: en el congreso, al equipo, a la prensa, a diferentes colectivos que visitaban el museo, y por suerte las palabras le salían mecánicamente, porque así, mientras hablaba como una autómata, podía asumir que aquel hombre era ahora su audiencia, que lo tenía a su lado después de tantos años. Su mente iba de un lado para otro intentando encontrar la manera de pasar el mayor número posible de horas con él. Tenía que concentrarse para sosegar ese mar tempestuoso que se agitaba justo encima de su diafragma.

Aún en el vestíbulo, Mateu le había contado que había recibido el encargo de una productora catalana para componer la banda sonora de una película y que quería reunirse con ellos en persona, mostrarles alguna idea en directo. Aprovecharía el viaje para pasar tiempo con sus padres y con su hermano, y «no podía venir a Barcelona y no intentar quedar contigo». Escuchando la manera complementaria con que la había incluido a ella en su estancia en la ciudad —asumiendo el valor de suposición, de probabilidad—, Joana comprendió que Mateu no era el tipo de persona que planificaba, que avisaba a los amigos para que le hicieran un sitio en su casa o que compraba el billete de vuelta. Era capaz de alterar la vida de los demás sin alterarse a sí mismo. No podías reprochárselo, no conocía otra manera de actuar. No era egoísmo. Ese talante no codificado, actuar con espontaneidad cuando se le presentaba la ocasión, era lo que, entre otras muchas cosas, le hacía ser quien era. Ella le dio la enhorabuena efusivamente por lo de la banda sonora, aunque no estaba segura de si ese tipo de encargo formaba parte de su normalidad y, por tanto, se estaba excediendo con la felicitación. En este sentido, temía parecer algo torpe por el contraste entre su vida estándar y la de Mateu, que ella intuía extraordinaria. Desde ese mismo nivel de duda, no se había atrevido a preguntarle de qué modo entraba en sus planes, cuántas veces había calculado que podría quedar con ella durante su estancia en Barcelona; ella que tenía una agenda, unos horarios de trabajo intensos, dos hijos siempre con hambre y que había que ir a recoger a entrenamientos y acompañar al ortodoncista o a renovar el carnet de identidad, una nevera que llenar, una casa que dirigía como una orquesta y que estaba a años luz de la casa de madera, amarilla y solitaria de él, rodeada de silencio, llena de ese hombre que era su centro y también todos sus confines. No quiso decir nada inapropiado en un momento como aquel.

Mateu, disimulando los nervios que había arrastrado durante todo el día, escuchaba lo que ellas comentaban sobre la intervención, sobre la limpieza mecánica y química y sobre la retirada de los cúmulos de polvo. Decía que sí con la cabeza para indicarles que las seguía, aunque en realidad, él, como

Joana, tenía que hacer esfuerzos por centrarse en las explicaciones. Buscando la complicidad de Joana, se le acercó mucho. Ella tenía las manos cogidas detrás de la espalda, a la altura de los riñones, y se iba tocando los botones de los puños de la camisa, nerviosa y tímida. Mateu lo vio y le puso la mano encima, agarrándola fuerte. El tacto los calmaba. Lo habían olvidado. Las compañeras les daban la espalda, hablaban de cara a las columnas, y mientras tanto ellos dos se miraron y sonrieron. Llegó aquel beso fugaz, inocente. De haber podido, él le hubiera mordido los labios. La hubiera retenido en su boca. La deseaba tanto. Al fin y al cabo, si Mateu había cogido el avión no era por la reunión con la productora, que al menos en una primera fase podría haberse celebrado a distancia, y no era tampoco por la familia, de la que, pese a buscar siempre lo mejor para ellos dentro de la situación insostenible con la que se encontraban, se sentía tan lejos cuando venía para tenerlos cerca. Había comprado un billete a Barcelona empujado por una sensación totalmente visceral que reaparecía cada vez que recordaba a aquella mujer con la que tenía ganas de seguir hablando y a la que quería seguir conociendo. Últimamente se sentía vacío, y el mero hecho de pensar en ella, en su nombre —se había sorprendido pronunciándolo en medio de la madrugada—, hacía que reaccionara y se diera cuenta de que con Joana todavía quedaba algo pendiente.

Le acarició los dedos mientras observaba absorto a la restauradora, que pasaba un trozo de algodón hidrófilo impregnado de etanol y agua desionizada por encima de las cenefas antiguas con un cuidado extremo. La suavidad de los movimientos era similar a la del dedo de Mateu sobre la mano de Joana, como si este emulara su ritmo, imprimiendo el mismo cuidado y atendiendo al gesto diminuto con idéntica atención a la de la restauradora sobre la pintura. No se le ocurría otra forma de transmitirle a Joana que no sabía qué quería, ni qué sentía, ni qué pasaría, pero que le complacía enormemente tenerla cerca. Joana atendió a la caricia, respondió agarrándole los dedos y después la mano entera, en un gesto determinante. Se despidió de las compañeras apresuradamente, quizá con una simpatía algo exagerada. Había tanta inocencia en aquella voz demasiado estrepitosa que le había salido de dentro, tantas esperanzas poco calculadas. El nudo en el estómago, y los pensamientos enmarañados hasta el punto de no poder recordar si aquella noche tenía a los niños a cenar o se quedaban con su padre. Quería gritar de alegría o de angustia. La cotidianidad haciéndose añicos, su mundo diario adelgazándose ante sus ojos hasta desvanecerse para dejar espacio al hombre de la gorra y a todo lo que ella estuviera dispuesta a acoger.

Siguió nadando todavía un rato más, esta vez de espaldas para no tener el problema añadido de la respiración. La perdía con facilidad a medida que alteraba el orden de los movimientos. Estaba demasiado inmersa en los detalles de unos días irreales, imposibles de sostener en el tiempo. Boca arriba, sacaba la mano del agua desde la cadera hasta hacerla entrar de nuevo con el meñique bien estirado pasada la cabeza, para recoger agua, y a continuación, con la flexión, empujaba y remaba de nuevo hacia la cadera y las piernas, en dirección a los pies, una y otra vez mientras recordaba las noches en el hotel donde él se hospedaba. Cada segundo albergaba la pátina deliciosa de la conquista, el reconocimiento de una intimidad compartida. Ese atisbo de vértigo que le provocaba la anticipación. Cuando llegaba a su habitación, él abría la puerta impaciente, como si la hubiera estado esperando todo el día. Joana tenía todavía el frío de la calle pegado a la piel. Se tumbaban en la cama y él intentaba darle calor abrazándole el cuerpo. Una anécdota del trabajo en el museo, un pedacito de una nueva melodía musitada en la boca de él. Cualquier chispa era suficiente para prender la conversación. Cuando se cansaban de estar sentados en el borde de la cama, o uno en la silla del escritorio y la otra en el suelo con la espalda apoyada en la pared, se tumbaban lado a lado, boca abajo, con las piernas dobladas hacia arriba, moviendo los pies, mientras charlaban absortos envueltos en la agradable sensación de compartir ese rato. Fueron a cenar fuera un par de días. Después regresaban al hotel.

Una tarde, Joana le compró una pasta en la pastelería de su barrio. Estaban merendando como dos chavales, contándose cosas sin demasiada trascendencia, cuando Joana tuvo que atender una llamada relacionada con el viaje que tenía previsto a Madrid con el historiador del arte. Se apartó un poco para hablar por teléfono. Mateu la miraba desde la cama. Pensaba en lo fácil que era todo con ella. Según el coleccionista, se trataba de un paisaje de los inicios de Isidre Nonell como pintor. Era una obra que quedaba fuera del Nonell más icónico, del Nonell retratista, le explicaría tras colgar. Más tarde, cuando Mateu se interesara por la conversación que había mantenido por teléfono, ella le explicaría que Nonell era popular como retratista. Mateu asentía de vez en cuando, o emitía pequeños sonidos, «Mmm», para que ella viera que comprendía lo que le decía. Le habló del pintor y de lo prendado que este estaba de una chica de etnia gitana llamada Consuelo, que se ganaba la vida haciendo de modelo de pintores. «Si me pongo pesada me lo dices, ¿eh?, que yo con esta historia me embalo. ¿Me estoy poniendo pesada?» Él se echó a reír. «¡Que no! Sigue, de verdad.» Joana le aseguró que una de las experiencias más emocionantes que había vivido en su trabajo había tenido lugar hacía solo unos años en el taller de restauración. Le hicieron una reflectografía infrarroja a uno de los muchos retratos que Nonell había hecho de Consuelo. «Te permite ver la pintura o el dibujo por debajo de lo que ves a simple vista.» Mateu le tocaba la mano mientras ella hablaba casi con euforia. «La sorpresa fue que bajo la falda roja apareció un guitarrillo. Cuando Nonell pintó ese cuadro, hacía poco que la chica había muerto en trágicas circunstancias. Un fuerte vendaval que afectó a gran parte de Barcelona derribó un muro y provocó el derrumbe de la barraca donde Consuelo vivía con su abuela, en un solar de la calle Entença. Tenía unos diecisiete años y él la había conocido cuando tenía trece. Consuelo tocaba la guitarra y en este retrato que te digo Nonell la pintó con el instrumento el mismo año de su muerte, pero, por lo que fuera, después tapó la guitarra con la falda, que ocupa todo el centro de la figura como una mancha dramática de un rojo anaranjado. Hizo desaparecer la guitarra por completo. ¿Lo ves? —Le enseñó la imagen en el móvil—. Te lo estoy resumiendo mucho, ¿eh? Es una historia preciosa y triste.» Mateu percibió la fragancia de bergamota en el cuello de Joana. La memoria olfativa le traía la calma de Japón. En ese momento, hubiera querido que ella le abrazara. Asintió impactado por la historia. Joana no se dio cuenta de que a él le había cambiado la expresión. Tenía el rostro grave y daba la impresión de estar muy lejos de aquella habitación de hotel. Ella seguía hablando locuaz. «Hay un artículo de la época que narra la tragedia y habla de la guitarra que siempre acompañaba a Consuelo. Cuando la descubrimos debajo de la falda fue muy emocionante para todos. ¿Puedes imaginártelo?» La emoción exacta de la que ella hablaba resultaba difícil de narrar. Estaba segura de que era una de esas cosas que no podías saborear del todo si no la vivías de primera mano. Esa parte de su trabajo, esa forma de jugar con el tiempo, de ir quitándole capas y vivir tan de cerca la misma experiencia que el artista, era algo único. Mateu se había tumbado en la cama y miraba al techo con los brazos detrás de la cabeza. Resopló con la nariz como si de repente entendiera algo.

—Quiso detener la música.

Joana se quedó un poco confusa cuando vio la

expresión de su cara. Había cambiado como del día a la noche. Momentos antes de contarle todo aquello estaba de un humor estupendo que no podía disimular. Mateu murmuró algo acerca de la necesidad del silencio absoluto, como una celda en la que encerrarse cuando la desolación te caía encima. «A veces ni siquiera la música te salva, pero da igual.» Se levantó de golpe de la cama y rápidamente cambió de tema haciendo un comentario frívolo sobre la merienda que Joana le había traído. Cogió un trocito de la pasta y se lo llevó a la boca mientras le daba prisa a Joana para ir saliendo. «Así damos una vuelta antes de ir a cenar y me enseñas el pasaje ese que dices que vale tanto la pena.» Al pronunciar la última palabra despidió sin querer de la boca unas migajas y se disculpó. Se rieron un momento con esa tontería, pero una sensación enrarecida había quedado suspendida en el aire. Joana pensó que era mejor no preguntar. Mateu no parecía alguien dado a mostrar las heridas. A veces se dejaba llevar por un silencio estoico, como si estuviera delicadamente expuesto a algún asunto en la penumbra que ella desconocía.

Habían sido unos días felices, luminosos. Era un poco como si tuvieran la misión de reproducir los días de Tokio. Ella trabajaba por las mañanas y él aprovechaba para hacer turismo o estar con sus padres. Esperaban las noches con impaciencia. *Conexión* era una palabra terrible, los dos estaban de acuerdo en eso, pero cuando intentaban ponerle nombre a lo que había entre ellos, a ese tipo de comodidad sensual e intelectual, no encontraban ninguna otra. Ya eran demasiado mayores para convertir lo suyo en un tema. Más valía no pensar demasiado y dejarse llevar por el momento. Y después estaba el deseo, claro. Lo anticipaban durante todo el día y por la noche se observaban quitarse la ropa como unos completos desconocidos. Siempre llegaba como si hubiera estado esperando paciente en la retaguardia mientras los temas de conversación caían uno tras otro de la misma forma que caían las horas, imparables. De repente se miraban y lo sabían. Era instintivo y urgente. Se dejaban guiar por las manos para inspeccionar unos cuerpos que se conocían de tiempo atrás. Juntos eran fogosos, eróticos. El placer que sentían llevaba aparejada una sensación de abandono, de entrega. El cuerpo de Mateu entre sus caderas, la manera directa y deliciosa que tenía de deslizarse dentro de ella, la llenaba de una sensación muy profunda de ser correspondida. Cuando él pronunciaba el nombre de Joana con esa leve afonía que siempre afectaba a su voz, ella aún lo deseaba más. No solo por el cariz sexual y físico de todo aquello; lo quería como la persona que era, por la libertad de su vida medio nómada y porque era alguien que la había venido a buscar. Lo quería por la forma que tenía de acogerla cerca de su pecho cuando ya habían terminado y por las cosas que le contaba. También por los silencios. Por el subtexto que comportaban. Intuían, sin embargo, que el azar había funcionado una sola vez y que, más allá de esa gratificación de ahora, pura y simple, de poco más podrían proveerse. Parecía que hubieran ya gastado todo el suelo donde podía germinar lo imprevisto. No tenían ninguna seguridad de disponer de un lugar común asignado allí donde transcurren las rutinas más corrientes, ni tampoco de que les gustase construir una rutina propia. Era una virtud y un defecto coincidir en ese pensamiento. No era solo por el enorme océano que los separaba. Tenían ahora esa gratificación, pero si quisieran estirarla, ¿acaso no les comportaría consecuencias peores? Mientras recordaba el desenlace dobló un poco el cuerpo, flexionó demasiado el abdomen y le entró agua en la boca. El gusto del cloro era lo más alejado que podía haber del gusto salado de sus cuerpos entrelazados días atrás. Miró hacia arriba, fijando la vista en las lámparas del techo con placas de prisma de la piscina como había hecho toda su vida para corregir y alinear la posición de nuevo. Recuperó la constancia de la respiración y se planteó salir del agua. Se sentía muy cansada, pero todavía necesitaba adentrarse en los recuerdos, fijarlos para siempre y después tratar de encontrar la forma de seguir adelante.

La penúltima noche, Mateu le propuso acompañarlo a casa de unos amigos. Había quedado con ellos para cenar. «¿Te animas? Te gustarán. Muchos son músicos y los que no también son buena gente.» Se rio animado. Ella detectó la ilusión en el tono. Le pareció un acto generoso que quisiera llevarla con él. Más tarde se daría cuenta de que eran su gente, su sostén durante media vida. Le hicieron sentirse muy cómoda. Cada vez que alguien contaba una anécdota protagonizada por Mateu, en el momento del desenlace, cuando venían las carcajadas y los aspavientos, todos la miraban a ella como se mira a las personas que tienen algún derecho sobre alguien. Pudo constatar, llena de curiosidad, que el universo de Mateu estaba hecho mayoritariamente de hombres que llevaban vidas itinerantes. Escogían dónde vivir, y convertían esa actitud de forasteros en un lugar confortable en el que habitar. Hablaban de conciertos, de *tours*, de grabaciones, de sesiones de *jam*, de nombres que ella desconocía. Las cosas que les importaban nunca ocurrían en espacios domésticos y por lo general tenían lugar por la noche. No hablaban de familia ni de rutinas. Probaban pianos y vinos. Comparaban salas de concierto y directores de orquesta. Reían de cosas de las que ella solo intuía su origen. Tenían sus propios chistes. Sin embargo, se sintió relajada y divertida. La escuchaban con atención. Acertaba con las preguntas que les hacía y ellos parecían interesados en ella. Le venía a la cabeza la sensación de privilegio de estar allí, y cuando ya se marchaban y vio cómo se despedían de él, la conmovió el cariño que los amigos mostraron hacia Mateu y cómo de rebote se lo mostraron a ella. Un rato antes, una de las dos mujeres que había en la cena —ambas se dedicaban a la producción musical y compartían una estética similar: gafas de pasta, tonos negros y vaqueros gastados—, le había preguntado si hacía mucho que conocía a Mateu. Joana dudó con expresión divertida.

—No, en realidad no hace tanto —contestó mirándole a él de lejos mientras hablaba animado con todos los demás.

La mujer de negro también le miró entornando los ojos.

—Se le ve mucho mejor. Se le ve muy bien, de hecho. Me alegro mucho por él. ¡Y por ti!

La mujer, que tendría más o menos la edad de Joana, levantó la copa y ella imitó el gesto. No había ninguna mala intención en el comentario ni en el tono, y sin embargo sintió cierta desazón. Lo mismo que había sentido en otras ocasiones durante los días que pasaron juntos, como si él le trasladara una presión incómoda cuando ella trataba de adentrarse un poco más en su vida. Era algo que tenía que ver con todo lo que quedaba fuera de campo, velado. Había cosas de él que nunca sabría. Pensó que ella tampoco se había abierto del todo, que estaban mostrándose únicamente lo que resultaba cómodo enseñar. Ambos eran muy recelosos de sus vulnerabilidades. Quizá bastaba con eso. No siempre había que hacer algo con la intimidad, no siempre había que transformarla en algo reconocible. La incertidumbre podía contener grandes verdades.

Cuando llegó al final de la calle se detuvo. Estaba exhausta e incluso le costó más de la cuenta hacer fuerza con manos y brazos para empujar el cuerpo fuera del agua. Había perdido la noción del tiempo. No sabía cuánto hacía que nadaba. Se quedó un rato sentada con las piernas en remojo, ya sin el gorro de baño ni las gafas de natación. Tenía la costumbre de hacerlo siempre que terminaba de nadar. La piscina funcionaba como un paréntesis. La centraba, le hacía tener los pies en el suelo. La predisponía para todo lo demás. Finalmente se levantó y se secó un poco el pelo con la toalla, que a continuación se anudó a la cintura. De camino hacia el vestuario se cruzó con una monitora de natación que conocía desde hacía años. Se saludaron con una sonrisa y se pararon a charlar un poco. La restricción de las duchas si no llovía pronto, los nuevos horarios de la chica, una tienda online en la que podías personalizar los bañadores. Cuando la dejó atrás, pensó en lo fácil que era que los demás se formaran de ti una idea equivocada, que solo percibieran los contornos. Abrió la taquilla y cogió el móvil. Observada desde atrás, podías ver sus hombros anchos temblando un poco después de desbloquearlo a toda prisa y constatar que no había nada. Por mucho que se hubiera anticipado al silencio, siempre producía un dolor concreto encontrárselo tal y como esperaba: plantándole cara con descaro.

Desde que Mateu se había ido, desde que habían decidido dejar que lo suyo brillara para siempre como lo que había sido —un golpe de suerte, algo que valía la pena no desgastar y a lo que ninguno de los dos se atrevía a rendirse—, a veces, cuando se encontraba a medio hacer la cama o revisando un presupuesto antes de alguna reunión, la invadía un presentimiento. Corría a comprobar el teléfono, pero no había mensaje. Entonces se lo imaginaba lejos, avanzando por una carretera rodeado de montañas o desiertos, dispuesto a amarla de esa manera para siempre, y refrenaba las ganas de escribirle de la misma manera que él había refrenado las suyas momentos antes. Necesitaba creer que los presentimientos tienen un fundamento firme. De él le quedarían para siempre cosas inabarcables, imposibles de precisar. Señales, impresiones, también dudas. La cobardía desbaratando posibilidades o preservando intactas las historias que es mejor no deformar. A él ya solo podía concebirlo como una abstracción. Pese a que todos los adioses se parecen un poco, nunca nadie te enseña cómo debes comportarte en una situación así.

13

La niña llegó al mundo al mismo tiempo que lo hicieron las lluvias. Nació como una emisaria de la esperanza. Aquel marzo se convirtió en el más lluvioso de los últimos dos años. La gente actualizaba el estado de sus perfiles con fotos de la lluvia. Abrían las ventanas de los pisos para escuchar nostálgicos el ruido que hacía al caer y aspirar el inconfundible olor del contacto del agua con las tejas y el cemento de las azoteas de la ciudad. La naturaleza, sabia y agradecida, regalaba alfombras verdes a los parques y colores brillantes a los parterres, y en los brotes a punto de estallar se adivinaban ya los colores vivos de las flores que pronto poblarían la primavera. Joana fue a visitarla cuando tenía poco más de una semana de vida. El día que la conoció seguía lloviendo sin parar. Había esperado a ver si amainaba sentada en el reposabrazos del sofá. La espera había reavivado la duda sobre si esa visita era adecuada. Pensaba que quizá sería mejor que un día se encontraran a solas con Biel en un espacio neutro, sin la madre de la criatura. Pero Biel había insistido, y los niños habían acabado de arrastrarla, ilusionados como estaban con aquella hermana diminuta que se había convertido en el centro de todas las conversaciones y de la que le enseñaban fotos y vídeos a diario. En una, uno de los chicos la sujetaba como un bulto pequeño y frágil, mientras el otro pasaba el brazo por detrás de la nuca de su hermano con satisfacción. Sus hijos y la hija de otra. Y sin embargo, de alguna manera ya la amaba. Se fijó en las tres personas de la fotografía, en esas tres personas que habían nacido en un escenario de cambio constante. Esperaba que pese a todo lograran muchas cosas. Cosas que les dieran momentos de extrema tranquilidad. La mayoría de las imágenes resultaban conmovedoras: un primer plano de la mano enorme y masculina de Biel con la mano de la niña dentro. En un vídeo la habían pillado soñando cosas imprecisas que hacían que la pequeña dibujara en su rostro una sonrisa fisiológica y se le quedara la boca entreabierta. Se oían las risas de fondo y uno de los chicos diciendo entre susurros que la niña ponía la misma sonrisa después de cada flatulencia. Había fotos para parar un tren, y para Joana, que no quería arruinarles ni una pizca de felicidad, había sido imposible observarlas sin experimentar nada en profundidad. Los días que siguieron al nacimiento fueron una sucesión constante de sentimientos encontrados.

Así pues, por fin llovía, y era raro y predecible al mismo tiempo. Mientras seguía esperando para marcharse de casa, no conseguía recordar dónde había visto por primera vez la obra *When I am pregnant*, del escultor Anish Kapoor. Hubiera jurado que en el Guggenheim de Bilbao, pero consultó las fechas de la exposición en el móvil y no le cuadraban, pues si de algo estaba segura era de que la primera vez que vio esa ligera protuberancia hecha de fibra de vidrio y pintura blanca sobre una pared también completamente blanca ella todavía no tenía hijos. Acumulaba sobre sus espaldas tantas exposiciones en museos y galerías de todas partes que a menudo mezclaba los lugares y las fechas. En cualquier caso, sabía que la obra, con un principio estético totalmente conceptual, la había dejado sin aliento y había hecho que se le disparase el instinto maternal, que por otra parte ya la rondaba desde hacía tiempo. En su caso, el instinto había sido de manual, quiero decir que hablaba con frecuencia de que tenía ganas de ser madre, incluso mucho antes de tener una pareja estable. Era algo que necesitaba, poco racional, algo que vinculaba mucho más con el instinto y el deseo. Las otras cosas que se suponía que tenía que asumir ya las tenía. Había cumplido con todo, y le parecía que la maternidad era de los pocos hitos que no dictaban los otros. Era a principios de los 2000 y ya despuntaba con fuerza el discurso de que la maternidad no completa a la mujer. Estaba de acuerdo con eso, por supuesto, y aun así no lograba desprenderse de la sensación de que nadaba a contracorriente a medida que su deseo se intensificaba. Siempre le había costado encajar en una categoría. Iba a la suya. Le irritaba que siempre hubiera un enunciado que determinara cuál era el momento de las mujeres. Cómo debían definirse, repensarse. Se ponía en la piel de las mujeres actuales en edad biológica de tener hijos y las compadecía. Había ahora muchas más normas sobre cómo se suponía que una debía comportarse, o quizá había las mismas que antes y lo que era genuinamente contemporáneo eran todas aquellas opiniones que te asaltaban a todas horas a través de los altavoces de los nuevos predicadores: redes sociales, pódcast, contenidos infinitos llenos de una sutil manipulación. ¡Era tan invasivo! Parecía que ya nadie hacía nada sin mirar antes lo que hacían las demás. Fue la primera del grupo de amigas en tener hijos, y disfrutó mucho de esa forma de dejar de ser el centro de sí misma. Claro que a veces, en temporadas concretas, también añoraba su individualidad y había días malos por la carga que suponían el trabajo y la casa, por la falta de libertad. Y tiempo después, cuando los niños todavía eran pequeños y Biel y ella se separaron, tenía siempre la cabeza ofuscada. Le costaba centrarse en ella misma. Cómo se suponía que debía centrarse también en aquellos dos pequeños que tanto la demandaban. Y, por supuesto, siempre que dirigía la energía hacia los estudios y el trabajo tenía la sensación de estar fallándole a la otra parte, a los niños y sus necesidades, pero al final siempre acababa saliendo adelante. Todavía le pasaba. El compromiso dura para siempre. Y con la edad de los suyos todavía había momentos de bucear en los topes de la mente y no saber cómo salir del aprieto, pero le gustaba el reto. Simplemente lo hacía. Ahora que los chicos ya casi hacían su vida, ser madre volvía a ser la idea bastante precisa que tenía antes al respecto, algo que no quería tener que justificar ante nadie, un lugar que le pertenecía y en el que casi siempre quería estar.

Nunca había olvidado la fuerza con la que la había atraído la escultura de Anish Kapoor. Cuando entrabas en la sala y la mirabas de frente, el volumen era casi imperceptible desde ciertos ángulos, pero a medida que te movías y otras perspectivas entraban en juego, evocaba claramente la forma de la barriga de una mujer embarazada. Cayó rendida ante el fuerte sentido del tacto que despertaba en ella, ante la presencia física de ese simple volumen y, sobre todo, ante el potencial que tenía de convertirse en algo más. Una pared lisa y blanca con una forma completamente embarazada situada un poco por debajo de la mitad de la misma. Frente a esa sutileza, tan simple y sin estridencias, sintió con urgencia que quería ser madre en breve. Pocas veces el arte la había atravesado con una experiencia tan transformativa.

La lluvia seguía cayendo y de repente recordó la importancia de los horarios cuando hay un recién nacido en una casa. Ese control preciso del tiempo. La falta absoluta de improvisación. Cuando se dio cuenta de la hora se levantó de un salto, cogió la bolsa con el regalo y salió a toda prisa. Ya la conocéis un poco. Se olvidó del paraguas, pero como el piso de Biel y Clara estaba a poco más de un cuarto de hora caminando, decidió que tampoco llovía tanto y que no tenía tiempo de volver a casa a buscar uno. Llegó bastante mojada y con el pelo revuelto. Bajo los ojos, una sombra difuminada de rímel. Vivían en un quinto y aprovechó el rato del ascensor para arreglar un poco aquel desastre. En cuanto Biel le abrió la puerta la invadió un olor conocido. A menudo lo olía en la ropa de los chicos cuando volvían de pasar una semana en casa de su padre. Lo relacionaba con el suavizante o con algún producto de planchar, pero ahora se daba cuenta de que era mucho más que eso. A medida que avanzaba por el pasillo, podía percibir el significativo modo en que Biel y Clara se habían embarcado en la creación de un hogar. Se podía palpar toda la dedicación que habían puesto a la hora de elegir muebles, alfombras, jarrones..., incluso el pomo de la puerta. Las cosas que los determinaban, no siempre funcionales o útiles. Las cosas que hablaban de ellos. Era agradable y a la vez extraño porque allí dentro sentía algo parecido a la sensación de refugio que experimentaba cuando entraba en su casa. Tal vez ambos lugares formaran parte de una misma constelación; al fin y al cabo, quienes habitaban aquella lo habían hecho en un primer momento en la otra. Estaba segura de que Biel se había preguntado escrupulosamente qué libros merecían una atención continuada y por tanto debían mostrarse en la estantería que comenzaba a ras de suelo e iba hasta la altura de la cintura y que cubría toda la pared del pasillo. La sensación se intensificó cuando miró hacia la cocina, donde el hijo pequeño la saludó con un «¡Mamá!» mientras apuraba un yogur sentado sobre el mármol. Alguien había ponderado la relación de los colores de la pared con los de los azulejos de encima de los fogones del mismo modo que ella misma y el padre de sus hijos habían hecho años atrás cuando heredó el piso de sus padres y lo reformaron casi de arriba abajo. Las habitaciones donde se congregaba la vida. Era el olor de un hogar.

Finalmente llegaron hasta el comedor, donde estaban Clara y la niña instaladas en el sofá. Se conocían. Habían hablado por teléfono alguna vez sobre asuntos prácticos que no iban más allá de una alergia infantil o la modificación del horario de una actividad extraescolar. En persona se habían visto un par de veces. Se sonrieron a distancia. Era trece años más joven que Joana. Siempre había sentido que esa diferencia era determinante, no sabía exactamente de qué. No era solo que ella ya estuviera al borde de la perimenopausia y que la otra acabara de dar a luz, sino más bien un tema de posicionamiento con respecto a Biel, con respecto a los niños. La felicitó desde el marco de la puerta. Biel había avanzado hasta el sofá donde Clara le daba el biberón a la pequeña. En el ambiente se respiraba el toque onírico de cuando todo lo que has imaginado tantas veces sucede y es muy diferente de cómo te lo habías imaginado en tu cabeza por el simple hecho de que ahora ocurre de verdad. Clara. Tan joven. Llevaba zapatos planos, pantalones anchos y una camisa azul de hilo bastante arrugada, el pelo recogido de cualquier manera en un moño. Y aun así no perdía ni un ápice de su encanto. Todavía tenía las facciones redondeadas. El recuerdo del embarazo tan reciente. Los labios ligeramente carnosos y la piel rosada en las mejillas con algunas manchas oscuras casi imperceptibles que pronto no se verían. Pese a las ojeras que se le marcaban bajo unos ojos cansados, le pareció hermosa.

—Ven, Joana, que te presentamos a esta señorita.

Se acercó con cautela. Levantó las cejas ligeramente y abrió un poco la boca mostrando asombro y admiración cuando tuvo la cara de la pequeña delante. Le habían puesto el nombre de la madre de Clara. Aquello la conmovió. La niña emitía unos gemidos casi imperceptibles que conectaban a Joana con algo que tenía guardado muy dentro. Los sonidos, el olor característico, todo le provocaba oleadas de recuerdos físicos, pero prefirió no hablar de sus dos maternidades ni dar consejos de ningún tipo para no molestar ni robar protagonismo a Clara. Agradeció que Biel, con su locuacidad habitual, no parara de hablar, y en un momento de silencio en el que parecía que ninguno de los tres tenía nada más que decir, cogió la bolsa del regalo del suelo.

—Os he traído un detalle.

—No era necesario, Joana, pero muchas gracias, de verdad.

Clara hizo el gesto de coger la bolsa y entonces Joana se dio cuenta de que dentro había dejado el sobre con los papeles del divorcio firmados. Se disculpó y le retiró la bolsa de sus manos. Sacó el sobre rápidamente y lo puso en el bolso de piel. No parecía que Clara hubiera relacionado el sobre con nada importante, la prioridad en su vida pasaba ahora mismo por la criatura y todo lo que giraba a su alrededor. Le dio las gracias de nuevo mientras abría con cuidado el papel del regalo. Era un bañador con un estampado de fresas para cuando la niña fuera algo mayor y una toalla de playa a juego. Por supuesto, Biel había reconocido el sobre, que después de tanto tiempo de ir arriba y abajo tenía las puntas aplastadas. Se le escapó un poco la risa. Clara no podía verlo, pero Joana sí que captó el gesto. Se sonrojó bastante, pero estuvo a la altura de la conversación banal que vino a continuación sobre el *ticket* de regalo por si querían cambiarlo por otra cosa.

Había llevado los papeles del divorcio encima de un lado para otro una buena temporada. Siempre pensaba que pasaría un momento por el despacho de Biel y se los dejaría en recepción, o que le llamaría para tomar un café y entonces se los entregaría sin más, evitando montar una escena. Soltaría el sobre entre dos tazas pequeñas y blancas de café y seguirían hablando de los viajes de él y de los clientes que le sacaban de quicio, el tipo de quejas que no se atrevía a exponer a otras personas pero sí a Joana. Hablarían también del trabajo de ella y de su cargo, que ya no sentía tan nuevo y con el que cada día se encontraba más cómoda, más satisfecha, más dispuesta. Se sentarían en un par de taburetes altos en la barra y de fondo un camarero secaría vasos y pensaría que quizá acababan de conocerse. Seguro que Biel miraría cada dos por tres la esfera de su reloj inteligente en el que los días laborables recibía un goteo incesante de mensajes y notificaciones. Seguro también que a ella se le escaparía una sonrisa socarrona cada vez que él, para poder leerlos, tuviera que ponerse las gafas de ver de cerca. Removerían los cafés con las cucharitas con gesto parsimonioso, mientras los papeles, dentro del sobre cerrado, constatarían que el lugar en el que la gente se quiere es importante. La avenencia ya no era posible bajo el mismo techo. Un día aparece una línea brumosa separando el paraíso y el precipicio. Bajo un mismo techo se generan las preguntas más difíciles, a menudo se despierta el egoísmo, la defensa de los defectos propios que al principio le parecían graciosos al otro y que con el tiempo y alimentados por la reiteración se convierten en dianas donde disparar a muerte. Fuera, sin embargo, podían seguir protegiéndose, respetándose, cuidándose. Fuera era un buen lugar donde quererse. Después de tantos años separados, Joana no veía la necesidad de seguir reteniendo los papeles firmados e ir paseando el sobre por las calles de la ciudad sin llegar nunca a su destino. Era una pequeña licencia poética, quién sabe si compartida, puesto que él tampoco insistía demasiado. Por eso el día que fue a conocer a su hija decidió que había llegado el momento de dejarlos en su buzón, pero al final, con aquella llegada accidentada por culpa de la lluvia, se le había olvidado hacerlo. Qué difícil echar la llave de una casa para siempre.

Los felicitó de nuevo y repitió una y otra vez lo preciosa que era la niña, a pesar de que no le pareció diferente a cualquier otro bebé. Dijo que no quería entretenerlos más. Biel insistió en acompañarla en coche, y aunque ella le dijo varias veces que no hacía falta, no le dejó opción. Tenía que salir de todos modos para ir a la farmacia a comprar un montón de cosas que necesitaban. Ese rasgo tan masculino suyo con el tema del motor. Su coche siempre impecable. La poca pereza que le daba sacarlo para ir a donde fuera y a la hora que fuera. Más bien buscaba cualquier excusa para hacerlo. Joana se despidió de Clara, que se quedó en el sofá. Antes de perderla de vista se giró y le comentó como de pasada que si necesitaba algo no dudara en avisarla. No sabía muy bien a qué venía ese ofrecimiento. Con ella se le despertaban actitudes maternales. Quizá solo era una manera de hacerle saber que todo estaba bien. Se sentía confundida y suerte tuvo de que su hijo pequeño, de camino a la puerta, se le colgara del cuello y le hiciera una llave de judo que según decía era la mejor manera de desequilibrar y lanzar al oponente al suelo. Ella se quejó de las cervicales. Aquel momento tan familiar en la entrada de una casa que no era la suya, con su hijo encima y Biel advirtiéndole de que no fuera tan bestia con su madre, se le hizo profundamente extraño. El chico aceptó de mala gana un beso en la frente de Joana y desapareció en una de las habitaciones. Biel y ella bajaron en el ascensor uno al lado de la otra con las espaldas contra el espejo. Se miraban las puntas de los zapatos y él hacía repiquetear la llave del coche contra el panel metálico.

—Siento lo de antes. Con el sobre, quiero decir...
—Nada, mujer. Ha sido gracioso.
—Por cierto...

Sacó el sobre del bolso y se lo entregó. Se miraron un momento y él le acercó la cabeza a su pecho. Le acarició el pelo.

—Gracias, Joana. Por esto y un poco por todo.
—Ay, venga, ¿qué estás diciendo?
—Por los niños, por ocuparte tan bien de ellos. En serio, yo solo no habría podido. A veces estoy hablando con ellos y te noto a ti de fondo. No sé cómo decirlo. Estoy muy orgulloso de ellos, y tú tienes mucho que ver con eso.

«Si tú lo dices.» No supo qué más añadir. Horas más tarde pensaría en ello y algo que en los últimos años parecía estar totalmente desorbitado encontraría al fin su sitio. Tomaría aire y percibiría una sensación de ligereza. Ningún nudo, ninguna duda. La claridad. Pero en ese momento, dentro del espacio reducido del ascensor, solo sintió la opresión en la garganta. Se encogió de hombros mirando al padre de sus hijos con cierta resignación y esforzándose por mantenerse entera. Un ruido nasal de él, un suspiro de ella y los eternos cinco pisos de bajada. Una vez en el vestíbulo, Joana echó a caminar decidida hacia la calle y él la detuvo poniéndole una mano en el hombro. La guio hacia otra puerta que daba acceso al garaje del edificio en el que tenía el coche aparcado. El peso de su mano. El peso concreto de la única mano que a lo largo de los años había conseguido arraigarla lo suficientemente fuerte como para que no saliera volando. Había oscurecido y sobre los charcos de las calles mojadas se reflejaban los letreros luminosos y los semáforos. Joana le chinchaba con cariño: las noches sin dormir, los cólicos, lo que les esperaba en cuatro días con el tema de la guardería y las fiebres reglamentarias cada dos o tres semanas, las fiestas de disfraces, soportar otra vez las soporíferas charlas con los otros padres.

—¿A quién se le ocurre, a punto de cumplir los cincuenta?

—Calla, calla. El cóctel es potente, ¿eh? La niña recién nacida y una tal Anika dando vueltas por casa en braguitas y top esta mañana. ¿Tú ya la has conocido?

—¿Quién?

—¡Anika! La nueva amiguita de tu hijo mayor.

—¿La del pelo rosa?

Se llevó las manos a la cara y los dos se echaron a reír. No podían parar.

—¿Te la ha presentado a ti antes que a mí, cabrón? —le recriminó escandalizada y entre risas.

—No, perdona. Me he levantado a preparar el biberón de la niña dormidísimo y, de repente, entra en la cocina una figura fantasmagórica en bragas, Joana, ¡en bragas! Que tiene sed y que viene a buscar un vaso de agua, dice. Que es Anika, me suelta, y va y me da dos besos.

—¿Y tú qué has hecho?

—¡Coño, pues devolvérselos! ¿Qué querías que hiciera?

Joana reía a carcajadas. Se lo imaginó descalzo, con esa cara de incredulidad que nunca había sabido disimular ante nadie, con el biberón en la mano y el pelo canoso, ondulado y despeinado. Ese mismo hombre, ahora ya aseado y bien vestido, mientras conducía con destreza y con el rostro impregnado de su frescura de siempre —una especie de juventud que no se medía en años, sino en curiosidad—, soltó de pronto algo revelador.

—Joder, Joana..., ¿quién nos lo iba a decir, eh?

A ella le pareció que en aquella pregunta retórica Biel la incluía en un lugar donde solo estaban ellos dos. Se sintió tan a gusto. Miró hacia delante y dejó que el momento calara con fuerza en su interior. «Quién nos lo iba a decir», contestó en un leve susurro. Todos aquellos años a la espalda eran suyos.

Eran de esa joven idealista que había sabido responder a la vida a su manera, hasta convertirse en la mujer moderada que estaba ahora sentada en el asiento del copiloto del coche de Biel una noche de principios de primavera. Compartirían siempre la misma complicidad. Había cosas que podían darse por seguras. Podías contarlas con los dedos de una mano, pero estaban ahí, y esa era una de ellas. Bastaba una sola frase para pasar a ser parte del mundo. No sabía qué le depararía la vida, pero ¿acaso no es así para todos nosotros?

Recapitulación

Tendríais que verla ahora, sin ir más lejos, celebrando con todo el equipo la culminación del proyecto del románico. Visto en perspectiva ha sido monumental. Quedan todavía algunos flecos por cerrar, sobre todo dejar constancia por escrito de todo el trabajo hecho para los que vendrán detrás. Le impresiona pensar que si nada cambia, todo ese arte le sobrevivirá. En el ambiente se respira el entusiasmo del reto conseguido y el cansancio de finales de curso. Todo el mundo tiene un pie en las vacaciones. Comen en el restaurante del museo situado en el primer piso. Es un mediodía de julio y fuera el calor asfixiante no da tregua. Las vistas sobre la ciudad a través de sus amplios ventanales le dan al encuentro un aire majestuoso, aunque entre ellos el trato sea de absoluta informalidad. La belleza del interior del palacio que acoge el museo es siempre abrumadora y se refleja y multiplica en los espejos del techo. Las lluvias regaladas en la primavera prometen un verano más benévolo que los anteriores, pero a pesar de todo se trata solo de una pequeña tregua para tomar aire en un lugar concreto del mundo. Lo sabe ella y lo sabemos todos los demás. Las lluvias no fueron suficientes para levantar la alerta por sequía, pero han suavizado la amenaza de incendios en los bosques. Todo el mundo habla de este verano con la boca pequeña, como si tuvieran miedo de despertar a un gigante dormido.

El caso es que están ardiendo unos matorrales en la parte trasera del museo, en una de las vertientes de la montaña de Montjuïc, pero el grupo sigue con la celebración ajeno a ello. Brindan, ríen recordando anécdotas, discuten sobre algún aspecto que podría haberse abordado de forma diferente y, hacia la mitad de la comida, la conversación vira rápidamente hacia la expansión. Hablan de ocio, de posibles viajes, de quincenas y de días festivos, recomiendan lugares a los que ir y se muestran contundentes con otros sitios que no vale la pena visitar. «Os lo podéis ahorrar. Colas por todas partes y carísimo. Pagamos veinte euros por una triste ensalada.» De repente alguien alerta de lo que parece una humareda. Pregunta a los demás si no notan que el cielo está raro. Algunos se levantan para verlo mejor. Más de una servilleta cae al suelo. Sí. El sol parece cubierto por un velo grisáceo. «Sí, sí, es humo.» Sacan los teléfonos y buscan sin encontrar nada significativo hasta que alguien lee en voz alta que la Guàrdia Urbana está desalojando el castillo de Montjuïc, donde hay un gran número de turistas. Alguien se altera un poco. «Solo es a media hora de aquí, ¿eh?» Elevan el tono de voz y hay risas nerviosas. Joana envía un mensaje a su hijo mayor. «¿Cómo va? ¿Por dónde andas?» El mensaje se queda sin leer. El pequeño está de campamento desde hace un par de días. Bromean con la posibilidad de quedarse encerrados en el museo. «¡Justo hoy que empiezo las vacaciones!», exclama una compañera. Están asustados y nerviosos como un puñado de niños. Finalmente, una camarera los tranquiliza informándolos de que se trata de algo sin importancia. La zona quemada no es muy grande. El fuego se ha extendido por la zona de los jardines Costa i Llovera. Los bomberos están trabajando en ello. «No es grave, pero el viento ha cubierto todo de humo y quieren tener la zona controlada.» Risas de nuevo, alivio. El parque afectado queda bastante lejos. Canadá, California y Grecia todavía más. En las salas del museo hay varios mártires cristianos que son afligidos por el fuego de diferentes maneras: antorchas que queman la carne, parrillas al rojo vivo o calderas que hierven. Algunos muestran indiferencia, otros parecen disfrutar de las llamas o el baño de fuego. Se saben virtuosos y excepcionales. Ignoran, o tal vez no, el mundo de fuera, ardiendo impasibles desde hace siglos.

Cuando termina de despedirse de todos, Joana recoge sus cosas y sale con la alegría de los viernes. En cuanto pone un pie en la calle no puede evitar resoplar por el contraste entre la agradable temperatura de dentro y el pegajoso bochorno de fuera, que cae sobre ella como una sábana húmeda. Hace una mueca mientras mira hacia el cielo haciendo visera con una mano. Busca las gafas de sol y se las pone. Aunque hay un helicóptero que sobrevuela la zona, el humo ya apenas se ve. Sin embargo, la luz de la tarde ha quedado alterada. Tiene un aire desolador y decadente. Tampoco ayuda demasiado el olor a tierra seca y madera carbonizada que impregna el aire. El ambiente sobredimensiona la alerta de algo en declive. Se sube al coche. Finalmente pidió una plaza en el parking del museo. Evita pensar en la discrepancia entre sus valores y sus acciones. Su esfuerzo individual no va a solucionar el problema de la crisis climática. La culpa cae sobre ella cada vez que llega a esta conclusión, y para solventar la incomodidad se dice que ya encontrará otras formas de llevar una vida más sostenible. En el fondo, piensa y sabe que las acciones han de venir de quienes pueden promover economías circulares o incrementar la inversión en energías renovables. Está tan harta de sentirse culpable. El coche está hirviendo. El sol le quema la piel de los brazos. Baja la ventanilla y al mismo tiempo enciende el aire acondicionado. Se abanica con la mano y, debido al sudor, unos cuantos pelos se le quedan pegados a la nuca. Reniega incómoda. Mientras se coloca el cinturón de seguridad recibe un mensaje en el móvil. Biel le recuerda que debería confirmar su asistencia como muy tarde mañana. Que no quiere ser pesado, especifica, pero han pasado ya dos semanas de la fecha límite para responder. Se casará con Clara a finales de septiembre. Todavía se pregunta de qué pasta debe de estar hecho Biel para enviarle una invitación formal por correo y no darse cuenta de que cuando ella la abra y pase el dedo por las dos iniciales con relieve en la parte superior del tarjetón, la sacudida será meteórica. Santa inocencia. Desde que la recibió hace ya un par de meses ha evitado hablar del asunto y no la ha vuelto a sacar del cajón del mueble de la entrada donde guarda bombillas de recambio, un juego de llaves extra y una multa del Ayuntamiento por estacionar donde no debía. Cada vez que el tema ha asomado a su mente ha tenido bien claro que el propósito de él es inocente, pero no quiere incidir en ello ni en las emociones que comporta. Se siente atrapada y sin estrategia, y lo vive como un estorbo. Una piedra en el zapato que se le clava cuando menos se lo espera. El Biel impaciente, el Biel hiperactivo, el Biel que la semana pasada creyó adecuado recordarle que, si lo prefería, podía venir acompañada, por supuesto. «¿Acompañada de quién, cabeza de chorlito?», le hubiera respondido. Pero contó hasta diez. Volvió a pensar en el hombre de la gorra. Por un momento se le pasó por la cabeza reanudar el contacto y preguntarle si quería acompañarla. Es demasiado sensata y se abstuvo, pero ya fue suficiente para volver a pensar en él durante unos días. En la posibilidad de reavivar de nuevo sus conversaciones. Por la noche se tocó en la cama con el recuerdo de él dentro de ella. Es raro querer reproducir una sensación física compartida a través del pensamiento individual. Toda la intención volcada en excitarse una misma para revivir un placer que solo cobraba vida a través del tacto de la piel del otro, del entendimiento con el otro, de las ganas de agradar al otro, de satisfacer al otro. El otro que ya no está y que le prodigaba caricias como una forma de recordarle que realmente existía. Lo más normal, por tanto, es la sensación de tristeza que siente justo después de provocarse un orgasmo más funcional que placentero, y que poco a poco se transforma en un mal humor extraño. Prefiere no pensar demasiado. Él le envía muy de vez en cuando una foto del lugar en el que se encuentra. Parecen postales. Las acompaña solo del nombre: Scottsdale, The Tetons, Oregón. Primero le hizo ilusión. Ahora le fastidia un poco. ¿Es que ya nunca le preguntará nada más? Después recuerda quiénes eran cuando estaban juntos y que ambos acordaron que lo mejor era no intentar amoldar lo suyo a ningún orden determinado, a nada que se pudiera agendar. Recuerda eso y se le pasa. Este vago desasosiego es justo el tipo de fricciones que querían evitar. ¿De qué sirve ahora quedarse ahí atrapada? Ella se ha visto un par de veces con un profesor de francés que le presentó Mamen. Un hombre sencillo que ha llegado a Barcelona hace relativamente poco. Es de Burdeos e imparte clases en el Instituto Francés. Su aire despistado y su marcado acento la distraen. No obstante, si vuelve a llamarla le dirá que mejor que lo dejen aquí. No sabe qué más hacer con este hombre ni con su cuerpo, que ya sabe de entrada que nunca deseará. No es que no sea atractivo —lo es a su manera desgarbada—, simplemente no siente nada cuando lo tiene delante hablando de temas que parece que lleve anotados en algún sitio y que vaya tachando sistemáticamente a medida que los trata con Joana. Es alguien irrelevante para ella. En su interior, se acaba imponiendo la sensación de que no tiene edad para caer en estas trampas. No se dejará engañar de nuevo sobre lo que debe hacer o dejar de hacer con su soledad. Mamen y sus enredos. Ahora sabe que ella tenía razón. Todavía se siente llena de la historia de Mateu. Que no estén juntos no significa que el recuerdo no siga nutriéndola. Es lenta con los sentimientos. ¿Por qué debería dejarse arrastrar por el ritmo frenético de la vida y pasar página? Podría quedarse enganchada al afecto del padre de sus hijos y a la atracción de Mateu el resto de su vida. Con eso tendría suficiente y le parecería mucho.

El problema ahora es contestar a Biel sin ofender a nadie y estar segura de que no se equivoca. No cree que deba ir a esa boda, pero solo consigue pensar en cosas inexpresables que acaban enojándola. A eso se añade su absoluto desinterés por el mundo de las bodas. «No seas tan déspota», se reprocha cuando se pone crítica. Oye el traqueteo del motor del helicóptero por encima del coche, con el zumbido rítmico de las palas cortando el aire a gran velocidad. Lo busca en el cielo y lo observa ahí arriba unos instantes antes de contestar el mensaje. Se muere de calor. Teclea rápido con el batir de las hélices de fondo. El ambiente enrarecido que ha dejado el incendio parece que la empuje a resolver este tema y a poner fin al engorro de la invitación. «Biel, no iré a la boda. No te lo tomes a mal, por favor. Creo que no es adecuado. Os deseo toda la suerte del mundo, ya lo sabes. Vamos hablando. Un beso.» Enciende el coche y pone la radio. Suena música clásica y le viene bien. Circulando todavía por la zona de Montjuïc, a la altura del Teatre Lliure, recibe la respuesta. Parada en el semáforo en rojo lee y se echa a reír. «¿Y ahora quién dará conversación a la tía Puri?» Tres emoticonos de beso. Respira aliviada. Se ha quitado un peso de encima. «Siempre se te hace más grande de lo que es, recuérdalo para la próxima vez», se reprocha, y a pesar de todo, cuando sea una viejecita, todavía no habrá conseguido controlar esa forma de pensar en las cosas hasta hacerlas crecer como un suflé. «Antes no eras así.» Puede reconocerlo sin tapujos. «Hacerse mayor también debe de ser esta dependencia irracional del drama», piensa ahora.

El drama. Tan relativo como siempre. Julio. Ya hace más de nueve meses del asedio y allí, lejos, tiemblan todavía las ciudades en ruinas. Las que son noticia y las que nunca lo son. Hay dos categorías vitales, piensa Joana. No habla demasiado con nadie de todo esto. Con Laura lo sacan a colación alguna vez, pero es el tipo de reflexión que no suele desarrollarse con profundidad a menos que de una manera u otra te dediques profesionalmente a ello. No sabe si llamarlo categoría. También podría ser un tiempo, una dimensión. El tiempo terco que no se detiene. El de las guerras, el de la tecnología, el de la maquinaria, el de la Bolsa. En un plano teórico es el del progreso. Y después está el otro. El otro tiempo, o la otra categoría vital. La del consuelo. La de la proximidad y la ingravidez. Ahí cabe lo que no sirve para la primera categoría: los afectos, lo que ella hace por los suyos. Los círculos de gente más cercana, los deseos, las nimias victorias. Resucitar un geranio, conseguir unas entradas, regalarlas. Añorar a los padres todavía. Coger la foto en la que los dos sonríen a la cámara y contarles con el tacto de papel en las manos cómo les va a sus hijos. «Bueno, ya debéis de saberlo todo, no sé por qué os lo cuento.» Querer creer que ellos siguen ahí de otra manera también pertenece a esta otra dimensión. Como el ritual del café cada mañana, la emoción que siente al escuchar cierta canción, el hecho de enviársela a alguien para mostrarle su afecto. Es la misma dimensión desde la que observa la vida de los vecinos que entrevé por las noches a través de la ventana. La mujer que le pone comida al canario, la chica que siempre fuma en el balcón con un brazo apoyado en la cintura. Es el mismo tiempo que empuja los días hacia delante haciendo que pasen uno tras otro. Es un poco un milagro, piensa, que los que quedamos aquí queramos levantarnos cada mañana y lo hagamos día tras día, que sigamos empujando este tiempo, esta categoría, a pesar de que la otra lo capitanee todo y nos pise los talones a cada momento.

Se pasa toda la tarde poniendo un poco de orden en la casa. Alimenta al hámster y le cambia el agua. El animalito parece reconocer su voz. Hace un par de días que lo nota apagado. Solo espera que no se le muera mientras su hijo pequeño está fuera. Esa idea le provoca cierta angustia. Teme que el mero hecho de pensar en estas cosas pueda atraer malos augurios. «Mira, mira la rueda. ¿No quieres ponerte ahí un rato, bobo?» El hijo mayor aún no ha contestado el mensaje que le ha enviado durante la comida en el museo. Sale a la calle y entra en un par de tiendas. Tiene la sensación de que siempre va vestida igual y de que la ropa ya no le sienta como antes. Piensa fugazmente en renovar su vestuario, que para algo trabaja tanto, se justifica, pero luego termina en el Zara y todo se desinfla. No se acordaba de que las rebajas han empezado recientemente. La tienda parece un campo de batalla. El exceso de gente, las montañas de ropa mal colocada por todas partes y la cola en los probadores acaban por hacerla desistir. De nuevo en casa, toma una ducha y empieza a prepararse para salir. El calor es insoportable y elige un vestido muy fresco que no suele ponerse porque tiene la impresión de que le exagera demasiado los hombros. Sus anchos hombros que la natación ha ido torneando. A veces se imagina como una mujer muy anciana y encogida pero con unos hombros monumentales. Confía en que todo disminuya con armonía. Cena con los amigos que tiene o tenía en común con Biel. Está volviendo a quedar con ellos desde hace una temporada. Todavía debe acabar de acostumbrarse a hacerlo sin que él venga. Tiene la sensación de que en la mesa siempre hay un vacío que incluso incomoda a los demás. Se pregunta si también es así cuando él cena con ellos, si ella tiene suficiente carisma para convertirse en un vacío cuando no está en la mesa. Hace un rato le ha enviado otro mensaje a su hijo. Ahora sí que han pasado demasiadas horas desde el primero y la invade un miedo algo claustrofóbico, el tipo de miedo que hace que repita una y otra vez en su interior que todo va bien, que no anticipe nada. La anticipación. Un clásico. Al menos para ella. Conjura una serie de posibles desgracias: un coche puede haberlo hecho caer de la bicicleta y puede haberse dado un golpe contra el bordillo. Quizá se haya roto la cabeza. Pueden haberle atracado con violencia y haberlo dejado sin móvil y tirado en cualquier rincón oscuro del Raval. Las ideas intrusivas contra las que no puede hacer otra cosa que negarlas con un: «Todo va bien, todo va bien, Joana». Está a punto de escribir a Biel por si sabe algo, pero no quiere asustarlo. Además, aunque el chico ya haga su vida, esta semana se queda en su casa y Joana siente que es su responsabilidad. Opta por escribir al mejor amigo de su hijo y preguntarle si sabe algo. Utiliza un tono desenfadado, como si no estuviera preocupada. El amigo responde al momento. Este viernes no han quedado porque él está con gripe. Tampoco se han dicho nada en todo el día. «¡Vaya, pues que te mejores! Y dales recuerdos a tus padres.» Se siente tan estúpida. En la mesa le preguntan si todo va bien. Los conoce desde hace demasiados años como para mentirles. Cuando les explica lo que le pasa, ella misma se da cuenta de que exagera. La tranquilizan. La entienden, incluso, pero no le gusta ser el centro de atención, así que intenta disminuir al máximo su preocupación y, pese a que quiere irse a casa de una vez, se deja arrastrar hasta un local que no queda muy lejos y pasa un buen rato más con ellos. Las vacaciones vuelven a protagonizar las conversaciones. Alguien la invita a pasar la segunda semana de agosto en una casa rural que han alquilado ya no recuerda en qué pueblecito de la comarca del Pallars. Les dice que casi seguro que sí, pero que ya se lo confirmará, que ha de terminar de cuadrar las fechas. En realidad no tiene que cuadrar nada, pero desde que vive sola siempre se muestra precavida a la hora de plantarse en casa de quienes viven en pareja. Y por supuesto, cuando ya están en la calle despidiéndose, alguien dice dirigiéndose a todo el grupo que si no se ven antes, se reencontrarán seguro en la boda de Biel. Todas las miradas se giran hacia ella. Un gesto cohibido se dibuja en sus labios. Arquea las cejas y sonríe de manera forzada. «Me temo que no.» Tras unos segundos de silencio, los amigos se ven obligados a hacer algún comentario paternalista, de esos que a ella tanto la perturban. Que es normal, que no se preocupe. Ellas la abrazan o le agarran la mano. Que la echarán de menos, pero que lo entienden. Son sinceras, lo sabe, pero no se le pasa por alto que con lo de la boda ella ha quedado como en otro bando. Los quiere mucho, pero también los conoce como grupo. Ella y Biel han formado parte de él durante años. Sabe que habrán opinado, comentado y deliberado sin malicia. Al fin y al cabo, ese es el tipo de conversaciones que mantiene un grupo de amigos como el suyo cuando quedan, ¿no? Primero se habla un poco del tiempo, se pregunta cómo fue lo que fuera que alguien tenía que hacer y que habían comentado la última vez, se reiteran las bromas de siempre que sostienen los códigos específicos del grupo. Los hijos y sus últimas trastadas pueden ocupar también durante un rato el centro de la conversación, o una película que han visto varios y que a uno le pareció demasiado lenta y a otro le entusiasmó. La política, que acaba enervando a la mayoría y rebajando el tono animado. Pequeñas tensiones que se resuelven con apretones de manos y buenas intenciones. La salud de los padres, ahora que ya los de todos son mayores. Y ellos dos cuando no están ahí ni juntos ni separados. Joana y Biel. Da por hecho que se han convertido en tema de conversación. Se los puede imaginar soltando frases del tipo «me juego algo a que Biel la invita» o «tampoco sería tan descabellado, al fin y al cabo es la madre de sus hijos». Finalmente se despiden y ella se va un tanto aturdida. No sabe si algún día logrará acostumbrarse a no poder ser del todo ella misma cuando está con sus amigos. Coge un taxi para regresar a casa. No tiene noticias de su hijo. Curiosea en su Instagram para ver si ha colgado algo. Nada. Siente en su interior que algo no va bien. Amplía la foto de perfil. Es una imagen de Einstein sacando la lengua. La ciudad en movimiento a través de la ventanilla. La luz de las farolas baña las calles de un brillo anaranjado. Hay repartidores aquí y allá. Siempre le sorprende que la gente pida comida a domicilio a altas horas de la noche.

No entiende por qué el chico no ha leído los mensajes. Trata de recordar si él le dijo algo relevante, si puede haber ido a algún sitio en el que no haya cobertura. Cuando el taxi está a punto de llegar al semáforo, le dice al taxista que la deje ahí mismo, donde le vaya bien. No puede aguantar seguir quieta en el coche ni un instante más. Necesita llegar a casa y comprobar si el hijo está, si ha pasado algo. Paga con tarjeta y dice buenas noches al salir. Camina unos pasos y cuando dobla por la calle de su casa le da un vuelco el corazón. Dos coches patrulla de los Mossos y una ambulancia bloquean el acceso a la puerta del edificio. ¿Es el suyo? No está segura. Juraría que sí lo es. Lo sabía. Sabía que le había pasado algo grave. *Flashes* de luz azul atraviesan el aire oscuro de forma intermitente. Proyectan intensos reflejos sobre las paredes y las ventanas; desde el punto donde ella todavía se encuentra no puede distinguir bien frente a qué edificio están aparcados. Quiere correr y no puede. Coge el teléfono y marca el número de su hijo. Nadie contesta. Se va acercando con dificultad porque las piernas no le responden. Tiene la respiración entrecortada y nota la fuerza con la que late su corazón. Cuando está a punto de llegar distingue claramente que no es su casa. Hay dos bloques de pisos entre el suyo y el rodeado por la ambulancia y los vehículos policiales. Se detiene aliviada. Dobla el cuerpo hacia delante y apoya las manos en las piernas. El bolso se le cae al suelo. Cierra los ojos y toma aire. «Gracias. Gracias.» La zona está acordonada. El ruido de fondo lo absorbe todo. Es la una y media de la madrugada y algunos transeúntes miran la escena desde una distancia prudente. Solo hay hombres. Pregunta a un señor con un terrier blanco si sabe qué ha pasado. El hombre dice que hará más de veinte minutos que han llegado, que él ha visto las luces de la ambulancia desde casa. Con la barbilla señala unos edificios más allá. Añade que de momento no ha salido nadie y que cuando ha preguntado a la policía le han dicho que no podían dar detalles. Joana se fija en el agente que espera ante la puerta. De fondo, la leve interferencia de los *walkie-talkies*, una voz distorsionada y metálica que habla al otro lado del aparato. Imposible distinguir algo concreto. Se va hacia su casa con el susto en el cuerpo y una ligereza que se debe al agradecimiento desaforado que ha mandado a los dioses, al universo, a la vida al saber que, fuese lo que fuese lo que había pasado, no se trataba de su hijo, no era nada suyo, era de los demás. Dentro está oscuro y va encendiendo las luces en cuanto pasa por las diferentes habitaciones. Corre hacia la cocina para comprobar si el chico ha dejado algo escrito en la pequeña pizarra que hay en el frigorífico y en la que ella a veces les recuerda algo de la comida. No hay nada. Solo su propia caligrafía: «Yogures. Huevos. Pasta de dientes». Luego entra en la habitación del hijo mayor. La cama por hacer, ropa amontonada sobre la silla. Apuntes por todas partes. Cuando ya está a punto de salir, se da cuenta de que sobre la mesilla de noche está el móvil. Coge el aparato frío entre las manos. La pantalla se ilumina llena de notificaciones. También deben estar las suyas. Se lo acerca al pecho como si hubiera encontrado a su hijo en persona. «Se lo ha dejado», se dice. Eso es todo. Suspira. Cuando él llegue sobre las cuatro de la madrugada, ella aún no habrá logrado dormirse. Hablarán del móvil y de los mensajes que ella le había enviado.

—Otro día le pides el teléfono a alguien, aunque solo sea para decirme que te has dejado el tuyo en casa, no sabes lo mal que lo he pasado.

—He ido de culo todo el día, mamá, perdona, y al salir de la facultad habíamos quedado y ya no me daba tiempo de pasar por casa. Por cierto, ¿sabes que la calle está llena de polis?

—¿Todavía? No sé qué habrá pasado. Venga, vamos a dormir que son casi las cuatro. Ya te vale, ¿eh? Nunca más vuelvas a hacerme algo así.

Él murmura algo. Ha fumado un poco de hierba y está rendido de sueño. Ella ni siquiera se da cuenta. Se siente tan ligera. Mañana no trabaja y podrá recuperar horas de sueño. Joana duerme ya profundamente cuando, dos edificios más allá, el agente de la puerta de la entrada del edificio recibe el aviso de que el médico forense y el personal de la ambulancia se disponen a sacar el cadáver. Han tenido que bajar los dos pisos por las escaleras porque la camilla no cabía en el ascensor. Los cinturones de sujeción han mantenido el cuerpo en su sitio cuando uno de los dos chicos ha colocado mal el pie sobre el escalón y ha provocado una sacudida fuerte que ha hecho que la camilla se balancease. Son los zapatos nuevos, está seguro. La goma de la suela es demasiado ancha en la parte del talón. Se ha disculpado con su compañero, que se ha llevado un buen susto. Llevan el cuerpo tapado con una bolsa mortuoria de color gris oscuro. Fuera en la calle no hay nadie. El sol saldrá dentro de unos minutos y el cielo empieza a iluminarse gradualmente. La ciudad todavía duerme envuelta en el frescor del alba. El chico de los zapatos inadecuados no tiene demasiada experiencia. Se incorporó hace tres semanas y es el cuarto cadáver que va a buscar. Este no pesa nada, en comparación con los otros tres. Tres hombres. Dos que habían pasado los setenta y uno de sesenta y cinco. Los tres corpulentos y con barrigas exageradas. Hasta donde él sabe, tres infartos. A la mujer de hoy no la olvidará fácilmente. Joven, más o menos de la edad de su hermana mayor. Treinta años, treinta y dos como máximo. Tenía un fuerte golpe en la cabeza. Yacía en medio de un charco de sangre. El pie derecho totalmente doblado hacia dentro. Los ojos abiertos sin vida mirando hacia el suelo. Han tenido que esperar bastante rato en la ambulancia antes de que los avisaran de que ya podían subir. Una vez arriba ha visto a la jueza de guardia hablar con el médico forense. Le ha recordado los episodios del programa que ve los miércoles por la noche con casos de crónica negra. Ha cazado al vuelo la palabra homicidio. En la calle, cuando han salido, incluso había un periodista hablando con uno de los agentes. Cuando empezó a trabajar, no hace ni un mes, daba por sentado que se dedicaría a salvar vidas o a asistir a alguna mujer que se hubiera puesto de parto. De camino hacia el Instituto de Medicina Legal se pregunta si este es realmente el trabajo de su vida, pero, tal y como están las cosas, ahora que finalmente ha encontrado uno más o menos estable, quién será el guapo que se atreva a replantearse nada.

Fuera todo se mueve, la ciudad se pone en marcha. Empieza un nuevo día para algunos. Solo un par de diarios digitales recogerán la noticia de la mujer hallada muerta en su domicilio. La actualidad internacional, la política local y el fútbol se comen hoy todo el espacio. Joana se levanta tarde. Desayuna con su hijo y se va a nadar un rato. No sabe nada de lo que ha pasado. La noticia se le pasa por alto esta vez. Como tantas otras. Como tantas cosas. En el fondo, la vida no es más que un esbozo personal. Imposible captar el dibujo acabado en el que caben los trazos de todos los demás. Durante un par de días, cuando doble la esquina de la calle de su casa, se preguntará qué debió de pasar esa noche. En ningún momento le vendrá a la cabeza la terrible imagen de la verdad porque no la conoce. Lo atribuirá a alguna urgencia médica. ¿Una denuncia de los vecinos, tal vez? Concluirá que ocurren cosas malas por la simple razón de que pueden ocurrir. Después se acabará olvidando del asunto y no pensará más en ello. Seguirá oyendo de vez en cuando alguna noticia de sucesos o sobre la muerte de alguna personalidad. Siempre es así. Se levanta con los pensamientos aún dormidos y empieza a planificar el día y las rutinas mientras en la radio anuncian el fallecimiento de un poeta o de un cantante. Eran mayores o sufrían una larga enfermedad. Y ella siempre piensa en los que se quedan, en si les costará aceptar la premisa de que la muerte forma parte de la vida como le ocurre a ella. Si no lo puede aceptar con sus padres, no quiere ni imaginarse cómo lo viviría si le tocase perder un hijo. Y aún peor, si ella faltase para los suyos. Se pregunta si existe algún modo de evitar ese miedo que reverbera por todas partes: a la muerte, a la noche, a lo que está por llegar, a los finales. El miedo que reverbera en el amor.

Semanas más tarde está ordenando la habitación de su hijo pequeño antes de que él llegue al día siguiente. Un mes de campamento. Lo añora con un deseo muy fuerte de salvaguardarlo, de tenerlo ya en un entorno seguro, de sentir a su lado su cuerpo delgado y poder acariciarle el pelo. Alimentarlo y darle esa libertad que a él tanto le gusta de poder encerrarse aquí dentro entre dispositivos electrónicos a los que seguro que ahora echa mucho más de menos que a su propia madre. Después, cuando ya lleven conviviendo un par de días bajo el mismo techo, esta añoranza de ahora se irá diluyendo entre la insolencia de uno y los despropósitos de la otra, y Joana contará entonces los días que faltan para perderlo de vista de nuevo. Pero ahora ella está aquí, y siente el tipo de melancolía que hace que incluso las tiras de luces led de colores chillones con las que su hijo ha forrado media habitación le parezca que tienen su encanto. Quiere deshacerse de la ropa que le ha quedado pequeña y comprobar si hay algún bañador del verano anterior que todavía le pueda ir bien. Los gastos durante los meses que tienen vacaciones se disparan considerablemente, y si puede ahorrarse un bañador, eso que gana. Los inspecciona estirando los brazos hacia delante con la prenda entre los dedos. Las gomas de la cintura desprenden un olor rancio y han perdido toda elasticidad. Niega con la cabeza y chasquea la lengua. Nada. Después ordena los zapatos. La misma derrota. Todavía no puede creerse que calce un cuarenta y dos. Qué extraño le ha parecido siempre ese paso de la infancia a la plena adolescencia. Todo aquello que se desarrollaba tan lentamente y que resultaba imperceptible en tiempo real adquiere de pronto una velocidad de vértigo. Y no habla solo en un plano físico, que también, Joana se refiere sobre todo a algo que estaba muy dentro de la personalidad hecho de creencias, pensamientos, preferencias y alguna idea concreta y extrema que parece irrumpir fuera por primera vez en estos momentos de cambio para quedarse ahí ya para siempre.

El hámster sigue bien vivo y hace girar la rueda con energía renovada. Tal vez lo que le pasaba durante los primeros días en que el chico estaba fuera era que lo añoraba. Joana se ríe de su propia idea y, al mismo tiempo, se alegra de tener esta pequeña anécdota que mañana podrá contarle a su hijo. Nunca ha sido un niño fantasioso, de todos modos. Más bien se ha apoyado en la ciencia y siempre ha tenido una mirada absolutamente racional sobre todo. Desde pequeño ha echado por tierra todos los intentos de Joana de hacerle creer en fábulas, o de hacer hablar a los animales de peluche que ella movía como títeres poniendo vocecitas que ahora harían que se muriera de vergüenza. El niño adoptaba aquella pose tan ponderada, siempre un poco pálido y ojeroso. La miraba con ojos grandes y brillantes asegurándole que los animales no pueden hablar. Con tres años ya sabía distinguir la tortuga gigante de las Galápagos de la tortuga sulcata africana. Es una tontería decirle a un niño tan circunspecto que un hámster lo ha echado de menos, pero precisamente por eso se lo dirá.

Se gira para dejar unas camisetas viejas sobre el escritorio y ve el cajón donde guarda la libreta. Joana no la ha vuelto a abrir desde aquel fin de semana del pasado invierno. No sabe ni siquiera si todavía la tiene. Primero abre el cajón solo para comprobar si sigue ahí. Y sí que está. Convive entre gomas de borrar y material escolar medio roto. Una pata de compás suelta, la carcasa de un bolígrafo Bic sin el cartucho de la tinta, un sacapuntas colapsado de minas de lápiz, cartas de fútbol dispersas aquí y allá. Las cosas que un chaval acumula en un cajón. Después, cuando ya la tiene al alcance de la mano, balancea un poco el cuerpo antes de decidirse. La coge y se sienta en la silla. Acaricia la cubierta. No necesita pasar las páginas para darse cuenta de que el chico ha seguido escribiendo, pero aun así las pasa. La tinta del bolígrafo y la presión ejercida por la escritura a mano provoca que la superficie de las hojas no sea plana del todo y se ondule levemente entre los dedos de Joana. Quiere ser considerada y no fisgonear, pero es superior a sus fuerzas. Decide ir directamente a las últimas páginas escritas. En negro y en el centro de la página pone «Overview Effect». Su hijo lo ha subrayado en rojo. Una línea recta que debe haber trazado con ayuda de una regla y que solo se interrumpe para dejar espacio a los pies de las dos efes del término inglés. Empieza a leer con curiosidad el texto de abajo. «Hay testimonios de muchos astronautas que después de un viaje espacial afirman padecer lo que se conoce como "Overview Effect" o efecto de visión general. Ocurre cuando observan la Tierra desde el espacio, desde otra perspectiva. El término lo acuñó por primera vez Frank White en 1987.» El nombre está subrayado con un rotulador fosforescente. Está segura de que él lo ha copiado de alguna fuente. Su hijo nunca utilizaría una palabra como *acuñar* y no es tan hábil redactando. De todas formas, le basta con imaginárselo copiando a mano el texto para ablandarse y sentirse conmovida. Está claro que lo mueve un interés auténtico. «Todos los astronautas que lo han padecido lo describen como una experiencia transformadora que cambia radicalmente la forma de percibir la Tierra y la humanidad. A todos el planeta les pareció un objeto pequeño y delicado suspendido en la vastedad del espacio. Los síntomas de este efecto son:

1. Una sensación de unidad e interconexión al ver la Tierra como un sistema integrado, sin fronteras nacionales ni divisiones políticas.
2. Una sensibilidad mayor hacia problemas ambientales como el cambio climático.
3. La urgente necesidad de proteger el planeta.
4. Un fuerte cambio de perspectiva sobre la humanidad.

Con respecto a esto último, muchos astronautas expresan la necesidad de cooperación y armonía entre todos los seres humanos, ya que desde el espacio los problemas y divisiones parecen insignificantes ante las dimensiones de la Tierra. Todos los astronautas entrevistados describen este cambio psicológico como una experiencia muy potente, y en cambio, cuando intentan afinar en la explicación de la experiencia, utilizan constantemente palabras como "belleza" y "fragilidad".»

Joana pasa la hoja con un nudo en la garganta. No hay nada más. Quisiera haber seguido leyendo sobre esta maravilla durante horas. Lo que más le emociona es que lo haya descubierto a través de su hijo. Suelta una risa de incredulidad. Y entonces, de pronto, lo siente y lo sabe. Se trata de algo repentino y fugaz. Tal vez solo por un instante, pero lo siente en esta habitación, rodeada de medallas de competiciones deportivas, zapatos que a su hijo ya no le entran y figuritas de superhéroes listos para salvar el destino del mundo. La belleza, piensa, la esperanza, la gratitud. Es tan sencillo como cambiar el ángulo de visión. Las lagunas de las que hablaba Laura. Valorar lo que tiene ahora. Conoce de qué está hecha la superficie de la vida cotidiana, no es tan ingenua. Asumir la revelación que hace un momento ha atravesado su forma de ser, su propia existencia, sabe que le servirá solo en momentos muy puntuales. Ella ni siquiera puede intuirlos todavía. Nadie puede hacerlo nunca desde el presente. Son cosas que caen fuera de nuestro alcance, y que derivarán en situaciones concretas, momentos debilitadores que son difíciles de esquivar para todos, también para Joana: esa tristeza que a veces no sabrá de dónde le viene, la preocupación vinculada a cuestiones específicas si alguna vez debe decidir de nuevo entregarse a alguien en el momento más vulnerable de su vida. Los remordimientos por no haberse atrevido a concretar algo con Mateu. Ese tipo de cosas. Quién sabe. Tiene tanta realidad aún por delante. Una realidad que por supuesto contiene su propio significado. Están las cosas buenas y las que no lo serán, pero de momento ha entendido que no debe ir pagando prendas por el mero hecho de vivir ni tampoco esperar un susto cada vez que dobla la esquina. Siente que desde hoy dispone de ese escudo que puede sacar frente a la siguiente anomalía. Es esto y nada más. Esto que a la vez lo es todo. Una oportunidad justa. Cambiar la perspectiva para acordarse de que, al otro lado del miedo, espera siempre la vida.

Relación de obras de arte citadas en la novela por orden de aparición

Camino del Calvario, Hans van Wechelen (MNAC)

Pinturas murales de los absidiolos laterales de Sant Quirze de Pedret (MNAC)

Retrato de Caín del conjunto de la iglesia de Sant Climent de Taüll (MNAC)

Autorretrato, Lluïsa Vidal (MNAC)

La telaraña, Apel·les Mestre (MNAC)

Sin título [(*Retrato de Ross en L. Á.*)], Félix González-Torres (The Art Institute of Chicago)

La batalla de Tetuán, Marià Fortuny (MNAC)

Pinturas murales de las columnas del conjunto de Sant Joan de Boí (MNAC)

Consuelo, Isidre Nonell (MNAC)

When I am Pregnant, Anish Kapoor (Tate Modern)

Agradecimientos

Esta novela no hubiera sido posible sin la ayuda inestimable de Carme Ramells, jefa del Área de Restauración y Conservación Preventiva del Museo Nacional de Arte de Cataluña (MNAC). Me gustaría incidir en que Joana es un personaje de ficción que no refleja ni de lejos el nervio y la energía electrizantes de Carme. Hay que remarcar que las opiniones sobre el arte y los museos pertenecen a la protagonista, quien comparte con Carme la sensibilidad, la pasión y la vocación por el arte; el resto es pura ficción. Carme, gracias por las conversaciones, las aclaraciones, las anécdotas, las visitas a lugares del museo a los que el público no suele acceder, y por todo el tiempo personal que me has dedicado.

Aprovecho para aclarar que la trama del vigilante es cien por cien ficción; por tanto, desde aquí un saludo con toda mi simpatía a todo el personal de seguridad del museo.

Gracias, Guillem D'Efak Fullana Ferré, jefe de Acción Comunitaria, Programas Públicos y Comunicación del Museo Nacional de Arte de Cataluña, por la amistad de tantos años y por acercarme a Carme Ramells con tu complicidad.

Un agradecimiento a Manuel Pérez Subirana por la magnífica traducción, y a todo el equipo de Destino por hacer posible esta historia en una lengua distinta a la original.

Gracias al agente literario Bernat Fiol por acompañarme desde siempre en esta aventura de escribir.

A Patri Baldrich por hacerme reír siempre y por haber cambiado el nombre de la protagonista por otro mucho mejor.

A Carla Gázquez, por regalarme a Mateu.

A Marta Vives y Txell Feixas. El binomio perfecto para ahuyentar todos mis miedos.

Y gracias a mis hijos, Ignasi y Oriol, por todo lo demás, que incluye convivir con una madre que escribe y con todo lo que eso conlleva. Os quiero.